Karl Friedrich Hensler

Der Grossvater, oder die 50 jährige Hochzeitfeier

Ein Originallustspiel in 4 Aufzügen, mit Gesang und Tanz, für die

marinellische Schaubühne

Karl Friedrich Hensler

Der Grossvater, oder die 50 jährige Hochzeitfeier
Ein Originallustspiel in 4 Aufzügen, mit Gesang und Tanz, für die marinellische Schaubühne

ISBN/EAN: 9783743447325

Hergestellt in Europa, USA, Kanada, Australien, Japan

Cover: Foto ©Andreas Hilbeck / pixelio.de

Weitere Bücher finden Sie auf **www.hansebooks.com**

Der Großvater,

oder

Die 50 jährige Hochzeitfeyer.

Ein
Originalluftspiel in 4. Aufzügen,
mit Gesang und Tanz.
für die Marinellische Schaubühne
von
Karl Friedrich Hensler

Wien, 1792.
mit Goldhannschen Schriften.

Personen.

Der König.

Bergraths = Präsident, Graf Blumenthal.

Bergverwalter Zeller.

Emilie, seine Nichte.

Hanne, ihr Mädchen.

Niklas, ein alter Bergmann.

Lise, sein Weib.

Kasper, Sohn des Niklas.

Marthe, sein Weib.

Rosine.

Philipp.

Mehrere seiner Kinder.

Christoph, ein Findling.

Bernhard, ein Bergmann.

Ein Kerkermeister.

Viele Bergleute. Musikanten.

Gefolge des Königs.

Erster Aufzug.

Erster Auftritt.

(Im Hintergrund ein Bergwerck.)

(Man sieht oben den Haspel und das Seil, woran
die Bergleute Erde und Steine heraufziehen,
und sie dann in Karren wegführen, oder weg-
tragen. Die Arbeit geht fort, bis die Szene
verändert wird. Hin und wieder auf dem Berg
mehrere Bergknappen und Kinder.—Im Vorder-
grund der alte Niklas auf der Erde sitzend, neben
ihm Röschen mit einem Körbchen voll Brod,
Kaspar, Marthe, Philipp, Kinder, Bernhard
und mehrere, er schneidet Brod auf und theilt
es aus. — (NB. Es ist anbrechender Tag)

Kasper-

Nun wär das Morgenbrod verzehrt, also
frisch an die Arbeit! (steht auf) Da Mutter!

nimm

nimm die Kleinen mit nach Haus, kampel's
hübsch durch — und dann schick's in die Schul,
haft mich verstanden?

Marthe. Ja, ja, Vater! es ist schon
recht; kommts! kommts! (steht auf)

Philipp. Herr Vater! thut der Philipp
da bleiben?

Kasp. Der Philipp soll sich nach Hause
packen, sag ich.

Phil. (bey Seite) Schon recht, das ist
mir lieb, da hat doch der Philipp Gelegenheit,
ein bißl nach seiner Hannerl zu schauen. (laut)
Der Philipp thut nach Haus gehen.

Marthe. Nun, Glück auf, alter Vater!
(die Kinder geben Niklas die Hände)

Kinder. Glück auf, Glück auf, lieber Groß=
vater!

Rosine. Lebt wohl! (küßt ihm die Hand)
lieber Großvater! und wenn ihr nach Hause
kommt, so treffet ihr eine herrliche Schüssel
geschnittene Nudeln an; lebt wohl. (ab.)

Phil. (mit einem Stück Brod in der Hand)
O Jerum! die geschnittenen Nudeln thut der
Philipp auch gern essen. (ab)

Kasp. Warte ich will dir geschnittene
Nudeln

Nudeln auf dem Buckel geben! Ja — wohl! ehr=
lich seyn auf der Welt — ein gutes Gewiſſen
und neben dem ehrlich ſeyn ein geſundes Stück
Brod, das man mit Weib und Kindern ver=
zehrt — o! da beneid ich keinen groſſen Herrn
in der Welt! (geht an die Arbeit)

Niklas. Haſt recht mein Sohn! Ehrlich=
keit iſt der kräftigſte Schild für uns arme
Bergleute. Sind wir nicht täglich und ſtünd=
lich mit Lebensgefahr umgeben — iſt nicht der
Tod jedem von uns auf die Stirne gedrückt?
und könnten wir ihm ſo frey unter die Augen
ſehen, wenn wir uns nicht eines ſtillen tugend=
haften Lebenswandels befleiſſigten?

Bernh. Ja, Vater Niklas! ihr habt wohl
recht — wenn man ſo des Abends, ehe man
einſchläft, darüber nachdenkt, was man den
Tag über gethan hat, ob man ſeiner Pflicht
gemäß ſein Tagwerk vollendet, dem lieben Gott
ſein Stückl Brod nicht abgeſtohlen hat.

Niklas. Wenn man denn ſo mit ſeiner
Abrechnung zufrieden iſt — ſich auf ſein Ohr
hinlegt, und einſchläft — nicht wahr, Vetter
Bernhard! da liegt man ſo gut unter ſeiner
Decke — träumt ſich ſo ſüß, ſo nahe hin zu dem

gu=

guten Gott — ist so zufrieden mit all dem, was er uns zuschickt, und freut sich in die Zukunft des bessern Lebens. (er trocknet sich eine Thräne ab)

Bernh. Eine Thräne quillt euch aus dem Auge? guter Alter! sagt mir die Ursache eures Kummers? seyd ihr nicht glücklich in dem Zirkel euer Familie? Ihr seyd Vater, seyd Großvater; ihr sehet euch geehrt und geschätzt von euren Kindern; Welches Glück könntet ihr noch in eurem Alter erwarten?

Niklas. Keines, keines mehr, als meinen Pflegsohn versorgt zu sehen.

Bernh. Ihr habt mir das Schicksal des guten Christophs schon öfters erzählt.

Niklas. All mein Kummer wäre gehoben, hätt' ich den Jungen nicht selbst zu höheren Verrichtungen erziehen wollen. Ich schickte ihn in die Stadt, ließ ihn mit vielen Kosten etwas lernen; er kam als Schreiber zu unserem rechtschaffenen, verstorbenen Bergverwalter, dort lernte er Emilie, seine Tochter kennen; Sie liebten sich, und diese unglückliche Liebe ist nun das Grab seiner Ruhe, der Todesnagel zu meinem Sarge, und das gänzliche Unglück meiner Familie!

Bernh.

Bernh. Wie das, Vater Niklas?

Niklas. Der Bergverwalter, Emiliens Oheim stieß meinen Pflegsohn aus dem Haus, da er die Zuneigung beyder Liebenden wahrnahm, will ihn sogar von dem Dorfe verbannen; was bleibt mir anders übrig, als ihn durch alle Mittel der Ueberredung zu seiner vorigen Niedrigkeit zurückzubringen. Ich schickte ihn in die Stadt zu unserem neuen Berg = Präsidenten, der erst vor etlichen Monaten von unserem König ernannt wurde, um dort Gerechtigkeit zu suchen.

Bernh. Der gute Gott wird ihm das Herz lenken.

Niklas. Nun droht mir aber noch ein grösseres Unglück, ich bin keinen Augenblick sicher, in den Schuldthurm geworfen zu werden; da ich vor 20 Jahren von Rothenacker hieherzog, um mich hier ansässig zu machen, entlehnte ich bey Emiliens Vater 800. fl. — um mir und meinen Kindern wieder eine Hütte zu bauen; die Helfte habe ich abgezahlt, die andere Helfte bin ich noch schuldig.

Bernh. Fräulein Emilie wird doch das nicht zu lassen.

Niklas. Sie wohl nicht, aber ihr kennt ja
die

die Härte des Bergverwalters, ihres Vor=
munds; gestern drohte er mit Arrest, mit
Verpfändung meiner Hütte, drohte mich
und meine Kinder und Enckeln aus dem Dorfe
zu jagen, und ich guter Bernhard! ein Greiß
von 96. Jahren soll noch in meinen letzten Le=
benstagen keine eigene Stätte behalten, um
ruhig sterben zu können.

Bernh. Gebt euch zufrieden, Vater Niklas,
euer Pflegsohn wird vielleicht in der Stadt Freun=
de finden, um dieses Unglück zu verhindern; wir
feyern ohnehin morgen euer 50 jähriges Hoch=
zeitfest, man sagt sich schon lange heimlich, daß
wir vielleicht so glücklich seyn werden, unsern
gnädigsten Landesvater, der sich nur einige
Meilen von hier auf seinem Lustschloß befin=
det, bey uns zu sehen. Hier wär so die beste
Gelegenheit — —

Zweyter Auftritt.

Vorige, Röschen schnell.

Röschen. Lieber Großvater! Lieber Groß=
vater!

Niklas. Ey, ey, ey — Röschen! hab
dir

dir doch schon oft gesagt, daß du dich nicht so
in Othem laufen sollest.

Rösch. Ja, das glaub' ich schon, lieber
Großvater! aber wer kann dafür, wenn die
Sache so eilt — denkt daran, er ist wieder da,
ich hab ihn gesehen —

Niklas. Nun — und wer denn?

Rösch. Unser Christoph! da kömmt er
schon!

Dritter Auftritt.

Vorige, Christoph (in des Alten Arme.)

Christoph. Vater bester Vater!

Niklas. Glück auf, lieber Christoph! Glück
auf zu deiner Rückkehr und mit welchen Nach=
richten kömmst du zurück, lieber Sohn!

Christ. Mit den frhlichsten, die ich euch je
überbringen konnte — hr — nicht nur (übergiebt
ihm eine Schrift) die Eaubniß von dem Prä=
sidenten, daß ich aufgnommen bin; in die
Bergmanns=Zunft, ö erhielt auch die An=
wartschaft auf die Bergschreiberstelle; nun sind
alle meine Wünsche erfilt, ich will die Räncke
der

der groſſen Welt fliehen, will in eurer ſtillen
friedlichen Gegend wohnen; ihr, mein Vater
ſollet bey mir wohnen die letzten Tage eures
Lebens. — ihr ſollet in meinen Armen ſterben,
ich will euch die Augen zudrücken — und die
letzten Worte, die ich von euren ſterbenden Lip=
pen höre, ſollen. Seegen für mich und meine
Nachkommen ſeyn.

Niklas. O mein Sohn! es giebt doch noch
viele gute Menſchen unter den Groſſen der
Welt!

Chriſt. Da ich ihm erzählte das beſondere
Schickſal meiner Geburt, daß ihr mich als
neugebohrnes Kind gefunden, mich als euren
Sohn angenommen mit welcher Aufmerkſam=
keit, mit welch herablaſender Güte er all das
anhörte — o mein Vater, es iſt ein Vorgefühl
der Seeligkeit, wenn man einmal wieder un=
ter den Groſſen der Welt einen Menſchen fin=
det, der es auf einige Augenblicke vergißt,
groß zu ſeyn.

Niklas. Und da that der Präſident?
Gott ſeegne den guten Mann!

Chriſt. Ich ſagte ihm auch, daß wir durch
die hartherzige Behandungen des Bergverwal=
ters ſo ſehr gedrückt wären, und denkt nur da=

ran

ran, alter Vater, er versprach mir selber hie=
her zu kommen, er läßt euch indessen grüssen,
und sagte auch dazu, daß er sehr viel Verlan=
gen trage, euch kennen zu lernen.

Niklas. Mich — mich wünschte er, kennen
zu lernen? O gütiger Gott! so ist doch noch
ein Theilchen Freude für mich auf dieser Welt
aufbewahrt!

Vierter Auftritt.

Vorige, der Bergverwalter.

Christ. Da kommt der Bergverwalter,
laßt euch nichts merken!

Bergv. Nun — warum denn so müssig?
stehlt dem lieben Gott den Tag ab, ohne euch
um die Arbeit zu bekümmern. (zu Christoph)
Und was macht denn er wieder hier? warum
blieb er denn nicht in der Stadt? Ich dächte
immer, daß er dort sein Glück besser gefunden
hätte als hier —

Christ. Vielleicht — vielleicht auch nicht,
Ich suche mein Glück in stiller, ruhiger Zu=
riedenheit meiner selbst, und in dem Bewußt=

feyn, keinen meiner Mitmenſchen ohne Urſache zu kränken.

Verw. Wunderbar? und dieſes ſollte er gerade nur hier finden können? (Kaſper, der in ſeiner Arbeit begriffen iſt, ſieht den Bergverwalter, ſchleicht ſich nach und nach herunter.)

Chriſt. Nur hier, in dem Zirkel meiner Familie, in dem Zirkel guter Menſchen!

Verw. Er wird ſich doch nicht mehr einfallen laſſen, ſeinen albernen Liebesroman mit meiner Nichte fortzuſetzen?

Chriſt. Thorheiten begeht ein kluger Mann nur einmal in ſeinen Leben. —

Verw. Ich habe mir vorgenommn, ſie ſelber zu heurathen.

Chriſt. Ich wünſche Ihnen und uns allen Glück, ſo ſind doch unſere Dorfmädchen ein bischen ſicher, nicht mehr durch ihre alberne Verfolgungen gekränkt zu werden.

Kaſp. (bey Seite) Ha, ha, ha! das iſt ein herrlicher Kerl! der trumpft ihm auf!

Verw. Er wird unverſchämt, ich verbitte mir dieſe Anmerkungen.

Chriſt. (trotzend) Und ſollte ich nicht? da ich überzeugt bin, daß ich Wahrheit rede. Haben Sie meines Pflegvaters Enkel Kaſpers Roſinen

nicht

nicht schon so oft die niedrigsten Anträge gemacht?
ist nicht jedes Mädchen in unserem Dorfe in Ge=
fahr, von ihnen entehrt zu werden? Herr! machen
Sie nicht, (klopft ihn auf die Schulter) daß ich Gott
und Menschen zu Zeugen ihrer Schurkerey=
en aufruffe — es möchte leicht ein höherer
kommen, der sie, ahndete, schwer ahndete
ein Höherer, der ehrliche Bergleute schützt
der auch unter dem Orden, welcher sein schö=
nes Herz ziert, nicht vergißt, Mensch zu seyn,
ein Höherer, der die Schurken kennen lernen,
und Schurken auch als Schurken behandeln
wird! (mit Rosine ab)

Fünfter Auftritt.

Vorige, ohne Christoph und Rosine.

Kasp. (kommt herfür) Nicht wahr, Herr
Bergverwalter! der Mensch spricht gut deutsch?

Verw. (in einer Eckstase, nach einer Pause)
Was war das? habe ich recht gehört? mich,
den Bergverwalter — einen Mann, der in ei=
nem öffentlichen Amt steht, so zu behandeln?
Wartet nur, Alter! das soll an euch schwer
geahndet werden. Ihr habt den liederlichen

Pursch

Purſch, von dem keine Menſchenſeele weiß
wo er her iſt, in unſer Dorf gebracht, euch
wird die Schuld beygemeſſen. Morgen am
Tag, oder heute noch ſollet ihr ins Gefängniß
kommen, und da ſollet ihr ſo lange darin ſchmach-
ten, bis ihr entweder bezahlt, oder krepiret.
(ab.)

Sechſter Auftritt.

Vorige.

Niklas. Guter Chriſtoph! was haſt du
angefangen? haſt dich durch deine jugendliche
Hitze zu weit leiten laſſen, Wahrheit zu ſagen.

Kaſp. Nun, jetzt kommt die Mutter, die
wird auch nicht wiſſen, aus welchem Eck der
Wind bläßt.

Siebenter Auftritt.

Vorige, Liſe. (gebückt, an einem Stock daher
wankend mit ihren Enkeln.)

Liſe. Was iſt denn geſchehen lieber Niklas, geh, ſag mirs doch lieber Vater! unſeren
Chri-

Chriſtoph muß ja ein Unglück geſchehen ſeyn? er iſt nach Haus gerennt, a's wenn er von Sin=nen wäre.

Kaſp. Warum ſchickt man denn die Fra=tzen nicht in d' Schul, Mutter! das iſt 'n ſchö=ne Kinderzucht!

Liſe. Nun — nun — freylich hab ich d' Waſſerſucht; aber das ſchåd't nix, ich werd dich doch noch überleben. Alſo was iſt denn geſchehen? ich hab die Kinder ſchon hin und her gefragt, aber ich verſteh nicht, was ſie mir ſagen wollen.

Niklas, Ach du mein Gott! gute Liſe! Viel, viel iſt geſchehen,

Liſe. Ey — mein, mein — warum ſoll ich denn jetzt ſchon wieder gehen?

Kaſp. (lacht) Ha, ha ha! bey meiner Mutter hat 's Trommelfell 1' bißl Noth glitten.

Liſe. Ich kann ja noch eben ſo gut, wie du, friſche Luft vertragen, bin ja doch um 7. Jahrl jünger als du.

Niklas. (lauter) Wir ſind ganz unglück=lich.

Liſe. Und warum nicht ſchicklich? he! geht mich der Chriſtoph nicht ſoviel an als dich! (im Eifer) warum ſoll ich nicht auch wiſſen dårfen,

was

was ihm paffirt ift! aber es ift fchon recht, fo
gehts wenn man alt wird, (weint in die Schürze)
da ift man verachtet und verfolgt von jedem
Chriftenmenfchen.

Niklas. Du verftehft mich ja nicht, gute
Life! unfer Chriftoph war in der Stadt.

Life. Nun frrylich geht mir's mit meinem
Gehör n' bißl harı.

Niklas. Er var bey dem Bergraths Prä=
fidenten.

Life. (fchaut ihn aufmerkfam an, ohne ihn
zuverftehen.)

Niklas. Und der wird hieher kommen,
um unfere Sachm zu unterfuchen.

Life. (eben fo wie oben.)

Niklas. Um fo eben hat unfer Chriftoph
dem Bergverwalter die Wahrheit fo derb in die
Ohren gefagt, daß er wie rafend davon gieng,
und gefchworen hat, fich an uns zu rächen,
er wird uns arme Leute noch ganz unglücklich
machen.

Life. (lacht) Ha, ha, ha, Ja wohl muß
man darüber lachm — ha, ha, ha,

Niklas. Warum lachft du denn Life,
(fchreyt) Du haft mich ja fchon wieder nicht
verftanden.

Ni=

Lise. Habs schon verstanden — (lacht) ha, ha, ha, wegen unserem Enkel, der Rosine? ha, ha, ha, freylich ists zum lachen, wenn der Herr Bergverwalter unser Schwiegersohn werden will.

Niklas (für sich) Man kann nichts mit ihr reden (laut) Liebe, gute Lise! geh — geh nach Haus.

Lise. Ists schon aus? ja! jetzt weiß ich aber noch nichts wegen unserem Christoph?

Niklas. (lauter) Das will ich dir alles hernach sagen.

Lise. O du alter Schelm du! ist der Mann 96. Jahre alt, und will mich nach Haus tragen. Wie froh dürftest du seyn, wenn du noch so gesund auf den Beinen wärest wie ich, kommts her, meine Enckel! führt mich nach Haus. Vor 60. Jahren giengs freylich noch besser, da hieß es noch oft — (trillert ein Tänzchen, und tanzt lustig ab.) (Trallala — la!)

Achter Auftritt.

Vorige.

Bernh. [Ein seelengutes Weib — nur Schade, daß sie das Gehör ein bißl verlassen hat.

Niklas. Mein lieber Bernhard! wenn man 87. Jahre gut gehört hat, so wäre es höchst undankbar, wenn man jetzt im hohen Alter über den Verlust dieses Sinnes murren wollte.

Kasp. Tausend Fickerment! wer kommt da?

Neunter Auftritt.

Vorige, Christoph. (in Bergmanns = Kleidung.)

Christ. Hier seht mich an, Vater, dieses Kleid hab' ich mir in der Stadt gekauft, mit diesem Kleid entsage ich auf ewig jeder Hoffnung aller nur möglichen Ehrenstellen, die noch meiner warten könnten; mit diesem Kleid ziehe ich an die reinen kunstlosen Sitten unserer Berg= bewohner — weihe mich ein in die ehrwürdige Zunft guter Menschen rein, und unverdorben

wie

wie die Natur — wahr und ohne Falsch wie
die erſten Menſchen, der Schöpfung — gelobe
hiemit öffentlich vor den Augen Gottes und
euch — ein ehrlicher Mann zu ſeyn, Berg=
mannsſitte und Tugend durch Fleiß und Ehr=
barkeit rein zu erhalten bis in mein Grab! Va=
ter! gebt mir euren Seegen —

Niklas. (zu allen) Kommt näher, meine
Brüder! (Sie kommen alle herunter vom Berg=
werck, und umgeben den Alten) Ihr kennt dieſen
Jüngling, rein und gut iſt ſein Herz, dafür
bin ich Bürge — ſeyd ihr zufrieden, wenn ich
ihn in unſere Bergmanns = Zunft aufnehme?
ſeyd ihr zufrieden, wenn ich ihn einverleibe je=
nen geheimen Grundſätzen der Kunſt, die uns
lehrt — die Metalle aus den Eingeweiden der
Erde zu holen? Iſt jemand unter euch, der
ihn nicht gerne Bruder nennen, jemand, der
ihm zur Seite nicht gerne ſich den Gefahren
Preiß geben — ſich dem Tod ſelbſt unterwerfen
wollte, der nenne ſeinen Namen!

Alle. Er iſt unſer Bruder!

Kaſp. Glück auf, Vetter Chriſtoph!

Niklas. Nun wohlan! Hier mit dieſem
ſchon ſeit vielen Jahre beſtimmten Talismann
weihe ich dich ein, als Aelteſter der Zunft, zum

B 2 Berg=

Bergmann, zum Mitgenoſſen unſerer Bruder=
ſchaft! (hält ihm einen Hammer und Brecheiſen
vor, giebt ihm auf jede Schulter einen Schlag,
und ſagt dabey.) Vor dem Angeſichte des freyen
Himmels — im Namen des Landesfürſten —
im Namen aller Bergleute! (Pauſe) ſieh Jüngling!
dort die Sonne, wie ſie ſo ſchön den Erdkreiß
beleuchtet — 96. Jahre bin ich alt, o nur zu
früh werde ich mich von dieſer ſchönen Erde
entfernen müſſen. Vergiß nie, mein Sohn!
wenn du an deine Arbeit geheſt, daß du dieſe
Sonne vielleicht zum letztenmal ſcheinen ſieheſt.
So oft du in die Schacht trittſt, ſo oft geheſt
du deinem Tod entgegen. Suche früh, mit
ihm bekannt zu werden, betrachte ihn als dei=
nen Bruder, und vergieß nie, daß du ſeine
Freundſchaft nur durch Tugend und Rechtſchaf=
fenheit erhalten kannſt. Küſſe mich mein Sohn!
(Chriſtoph umarmt ihn.) Und nun Brüder! führt
ihn hinunter an den Ort ſeiner Beſtimmung,
zeiget ihm die Gefahren alle, die ihn umſchwe=
ben, und lehret ihn Vorſicht, guten Muth,
und Standhaftkeit.

Chriſt Vater, Brüder! meinen Dank.

Kaſp. Glück auf, du biſt unſer Bruder.

Alle. (Sie geben ihm die Händen) Du biſt
un=

unſer Bruder! (Sie führen ihn hinauf, fahren in
die Schacht, der Chor beginnt.

Chorus.

Glück auf! Glück auf! wohl in die Schacht!
Gott iſt der Herr, der für uns wacht;
    Glück auf! Glück auf!

Kaſp. Ein gutes Herz, geſundes Blut!

    Iſt Bergmanns Glück, ſein höchſtes Gut!

Alle. Drum fahren wir wohl in die Schacht,

    Gott iſt der Herr, der für uns wacht.

    Glück auf! Glück auf!

der Vorhang fällt.

Ende des erſten Aufzugs.

Zwey=

Zweyter Aufzug.

Erster Auftritt.

(Zimmer in des Bergverwalters Haus, Emilie
allein, am Tisch sitzend.)

Noch sind nicht 8. Tage vorüber, die er
von unserem Hause entfernt ist, und doch sind
mir diese 8. Tage wie eine lange Ewigkeit;
daß doch Liebe den Menschen so selten glücklich
macht, und sollte sich diese Leidenschaft wie ein
blindes Ohngefehr in unser Herz einschleihen?

Zwey=

Zweyter Auftritt.

Emilie, Hanne (schnell.)

Hanne. Hilf Himmel! Mamsell! eine Neu=
igkeit, worüber Sie erstaunen worden.

Emilie. Was ist denn geschehen?

Hanne. Ihr Christoph ist so eben aus der
Stadt gekommen.

Emilie. Mädchen! geh — eile — sag ihm,
daß er hieher kommen solle, indem ich Sa=
chen von Wichtigkeit mit ihm zu reden hätte.

Hanne. Aber so bedenken Sie doch, be=
stes Fräulein! ihr Herr Vormund —

Emilie. O daß du auch eines von den all=
täglichen Geschöpfen seyn mußt — (holt ihre
Börse) hier — liebe Hanne! schenk ich dir ei=
nen Dukaten.

Hanne. (den Dukaten in der Hand haltend)
Und welches Zutrauen könnten Sie auf mei=
ne Verschwiegenheit setzen, wenn Sie dieselbe
durch einen Dukaten erkaufen müßten. Nein,
hier — (sie legt ihn auf den Tisch) ich bin
von Stunde an ihre theilnehmendste Freundin.
Ich gehe zu ihrem Christoph, und wenn ich ihn
antreffe, so muß er kommen, und sollt' ich ihn
auf meinen Schultern hertragen müssen. (ab)

Drit=

Dritter Aufzug.

Emilie, dann der Verwalter.

Emilie. O daß er mich verlaſſen, daß er ſich entfernen mußte von dem Ort, dem frohen Zeugen meiner ehemaligen, glücklichen Tage! Wie oft ich ihm hier in dieſen Mauern ewige Liebe ſchwur, wie oft ich ihm die Thränen, die er über ſein Schickſal weinte, von ſeinen ſchö‑ nen Augen wegküßte, Himmel! (erſchrickt.)

Verw. (ſieht noch, wie ſie ihre Thräne trock‑ net.) Du erſchrickſt über meine Gegenwart? wenn ich mich nicht irre, ſo ſehe ich ja gar Thränen in deinen Augen — (ergreift ihre Hand) komm her, liebes Nichtchen! ſey vernünftig, Du weißt, wovon ich geſtern mit dir geſpro‑ chen habe?

Emilie. Unangenehme Dinge bin ich im‑ mer gewohnt, über die Nacht zu vergeſſen.

Verw. Kleine Schelmin du! ha ha, ha! daß du nehmlich heute dein Jawort zu unſerer Heurath —

Emilie. O verzeihen Sie, ich muß ihnen ſagen, daß ich jetzt gar nicht aufgelegt bin, ei‑ nen Heuraths = Kontrakt zu ſchlieſſen.

Verw.

Verw. Du weißt doch, was du deinem seeligen Vater geschworen hast?

Emilie. Was ich ihm in ihrer Gegenwart schwören mußte weiß ich; was ich aber geschworen, habe ich längst wieder vergessen.

Verw. Die Testaments = Klausel enthält Christoph zu entsagen, mir deine Hand zu geben, oder 4000 fl. an mich zu bezahlen.

Emilie. Herr Vormund! Sie haben das Testament meines seeligen Vaters aufgesetzt; Sie erwarteten sehr klüglich den letzten Zeitpunkt — wo er — halb seiner Sinnen beraubt dieses von Ihnen, zu ihrem Vortheil aufgesetzte Testament unterschreiben mußte. Diese 4000 fl. die sie mir so unrechtmäßig von meinem Erbtheil abnehmen wollen, überlasse ich ihnen gerne, mit der einzigen Bedingung, mein Herz und meine Hand nach meinem Belieben dem geben, den ich liebe.

Verw. (spottend) Und wer ist denn der Glückliche, Mamsell Nichte?

Emilie. Der arme Christoph!

Verw. Heute oder morgen werde ich aber gezwungen seyn, den alten Niklas, seinen Pflegvater exequiren zu lassen. Die Leute sind voll Schulden; Wenn ich nicht Vorsicht gebrauche,

so

so verlireſt du deine 400 fl. die ihm dein ſeeli=
ger Vater gelehnt hat.

Emilie. Thun ſie das nicht, Herr Vor=
mund! bey Gott! Sie könnten ſich groſſe Ver=
antwortung zuziehn.

Verw. (lacht höniſch) Ha, ha, ha! Ver=
antwortung bey einem Bettelvolk.

Emilie. Chriſtoph wird für' ſeinen Pfleg=
vater bezahlen, auch ohne baar Geld — er wird
bezahlen; ich hoffe doch (ſich ſpötttiſch verneigend)
ein biſchen berechtiget zu ſeyn, auch ein; Wört=
chen dazu reden zu dörfen?

Verw. Das darfſt du, daß ſollſt du auch,
allein bis zu deiner Majorennität bin ich aufge=
ſtellt, daſſelbe zu verwalten; von mir wird
Rechenſchaft gefodert.

Emilie. Aber nur ſo lange, bis ich mir
einen Mann wähle nach meinem Herz und Wil=
len; Verſtehen Sie mich?

Verw. Das iſt ja eben, was ich wünſche.
Der alte Niklas wandert heute noch in Schuld=
thurm, und ſeinen Pflegſohn ſchicke ich in die
Stadt. Dein Vater hinterließ dir ein ſo ſchö=
nes Vermögen, und ich ſollte zugeben, daß
dieſes in ſo unütze Hände geriethe? Nein
Nichtchen! wo Geld iſt, da muß man trachten,

das

das Geld zu multipliciren : sich einmal diese Börse mit Dukaten (nimmt ihren Beutel in die Hand) welch ein lieblicher schön harmonischer Klang.

Emilie. (reißt ihm die Börse aus der Hand) Ha! so wollt' ich, daß die Berge dieses verdammte Metall in ihrem Busen zurückgehalten hätten; wenn es nur da ist, um uns Menschen unglücklich zu machen. Behalten Sie dieses Geld, Herr! nehmen Sie mir mein ganzes Vermögen, machen Sie mich zur Bettlerin, aber mein Herz lassen Sie mir, denn einen Mann ihrer Art könnt ich nicht lieben, und wenn er Millionen besäße; (wirft ihm die Börse vor die Füsse) (ab.)

Verw. (indem er die Börse von der Erde aufhebt) Behalt' du dein Herz, liebes Nichtchen! es ist mir ohnehin mehr um deine Dukaten zuthun, als um dein Herz — denn bey dem Negoz kömmt nicht viel heraus. Wenn nur der Pilipp bald käme, und mir Nachricht von seiner Schwester brächte. Ein Mann meinesgleichen muß sich in alle Fälle zu schicken wissen — Ist es da nicht — je nun, so versucht man sein Heil anderwärts — still — wenn er es wäre. — (Pilipp steckt den Kopf zur Thüre herein)

Vier=

Vierter Auftritt.

Bergverwalter, Philipp.

Philipp. Sinds da, g'strenger Herr!

Verw. Ja — komm nur herein —

Phil. Thun's aber auch allein da seyn — denn der Philipp ist da.

Verw. Nun freylich, was bringst du mir für Nachrichten?

Phil. (kommt furchtsam, sieht sich um) Nachrichten? was für Nachrichten?

Verw. Nun wegen Röschen? du weißt ja was ich dir gesagt habe.

Phil. Ja, g'strenger Herr! davon thut der Philipp kein Wort mehr wissen.

Verw. (beyseite) Der dumme Kerl! (laut) Hast du mit deiner Schwester nicht gesprochen?

Phil. Nun freylich, hat der Philipp g'sprochen.

Verw. Und ihr gesagt, daß ich sie besuchen werde.

Phil. Alles gesagt — 's ist alles richtig — Sie thut ihnen sagen —

Verw. Und was — und was?

Phil. Daß Sie ihr n' grosse Ehr thun

wer=

werden — (mit einem dummen Knickß) und
daß —

Verw. Nun weiter —

Phil. Und daß Sie so etwa zwischen 10
und 11. Uhr —

Verw. Zu ihr kommen soll? o das ist ja
allerliebst, du hast ja deine Bestellung herrlich
ausgerichtet.

Phil. (beyseite) Ja, das glaub' ich, wenn
nur meine Schwester auch was davon wissen
thät, (laut) Nun aber — wie ist's denn mit
dem Versprechen, g'strenger Herr — wegen der
Jungfer Hanne?

Verw. Ich werde auch Wort halten,
mein lieber Philipp! du sollst von der Stunde
in mein Haus kommen dörfen, wenn du willst;
nur mußt du mir alles auszuspioniren suchen,
was in deinem Haus vorgeht. Apropos! dein
Herr Vetter ist ja wieder aus der Stadt zu=
rückgekommen?

Phil. Ja, (halb weinerlich) und der Phi=
lipp wollt', daß der ganze Herr Vetter mit Leib
und Seel auf dem Blocksberg bleiben thät.

Verw. Warum denn das?

Phil. Weil der Philipp den Herrn Vetter
nit leiden kann, der Philipp mag thun was er

will

will, so thut der Philipp dem Herrn Better nix recht; bald ist der Philipp n'dummer Jung; bald n'kindischer Mensch; (Verwalter lacht) und da setzt's bisweilen von Herrn Vater beym Philipp n'Schilling ab, daß der Philipp oft den Himmel für n'Baßgeige anschauen thut.

Verw. Und deine Schwester?

Phil. Die thut in den Kerl verliebt seyn, wie die Mauß in n'Speck, ja, ja, und z'letzt denk der g'strenge Herr an mich, z'letzt wird er-sie auch noch wegsischen thun —

Verw. (beiseite) Wieder eine neue Ursache, warum mir der Mensch verhaßt ist.

Phil. Jetzt ist er gar ein Bergmann worden — ja, ja, richtig —

Verw. Wer? der Christoph? ohne meinen Wissen und Willen?

Phil. Jetzt meynt das Mädl, d'Hochzeit sey schon gradewegs vor der Hausthür — aber der Pilipp thut schon wissen, wieviels g'schlagen hat — die Fräulein Emilie — ha, ha, ha — der Philipp weiß schon. (Man hört Hanne vor der Thüre)

Vorw. Eben recht; Hanne kömmt; bleib du hier, und ich will mich jetzt durch diese Sei-
ten

tenthüre zu deiner Schwester begeben. (will
fort)

Phil. (hält ihn an Rock) Nein, nein, al=
lein thut der Philipp nicht da bleiben; er thut
mitgehn —

Verw. Nun warum denn? du kannst ihr
ja gleich deine Liebe entdecken, ich gehe,
aber kein Wort von deinem Munde! (ab,
schließt die Thüre hinter sich zu)

Phil. Nein — der Philipp thut sich vie,
z'viel fürchten, er geht mit; (allein, weinend)
Jetzt ist der Philipp allein da; o Jemine! wie
wird's gehen, da hinein kann er nicht, und
geht er zu der Thür hinaus, so thut ihr der
Philipp gerade in die Hände laufen. Wenn
der Philipp nur da weg wäre; die Jungfer
Hanne gefiel ihm freylich; aber wer kann dafür
Sie mag halt den Philipp nit. (man hört sie)
wenn er sich nur verstecken könnt; wie wärs
wenn er unter den Tisch schlupfen thät! richtig,
das thut der Philipp — (er verbirgt sich unter
den Tisch)

Fünf=

Fünfter Auftritt.

Philipp. Hanne.

Hanne. Nun dem Himmel sey Dank, so hab' ich es doch durch meine Ueberredungskunst so weit gebracht, daß er hieherkommen wird.

Phil. (schaut herfür) Sie thut den Philipp nicht sehen; ha ha ha!

Hanne. Aber das Fräulein wird sich verwundern, wenn sie ihn in seiner neuen Kleidung erblickt.

Phil. Wenn nur der Philipp mit Gott und Ehren wieder aus dem Zimmer wär!

Hanne. Was war das? (leise) mir war ja, als hört ich eine Stimme; ich werde doch nicht belauscht werden? (sieht sich um) Niemand hier; wenn etwa — (erhebt den Tischteppich) hier —

Phil. (schaut dumm herfür) Der Philipp thut da seyn, liebs Jungfer Hannerl!

Hanne. Wie kommst denn du in dieses Zimmer? (beyseite) Ob er vielleicht auf Anstiften des Verwalters — es wird mir wohl ein leichte Mühe seyn, es zu erfahren; (laut) Komm her=

herfür, mein lieber Philipp! komm! (zieht ihn herfür)

Phil. Darf ich? thut sie dem Philipp aber nichts!

Hanne. Wer sollte denn einem so lieben guten Jungen etwas zu leide thun — Sag du mir aber — (schmeichelnd, nimmt ihn am Kinn)

Phil. O Jeckerl! das muß sie nicht thun; denn, wenn ein Mädel den Philipp da angreif= fen thut, so klappert ihm's Herz wie eine Pa= piermühl.

Hanne. Sag du mir doch, mein lieber Phi= lipp! wer hat dich denn eigentlich hieher ge= bracht? he!

Phil. Wer — wer den Philipp hieher bracht hat? des Philipp seine Füsse!

Hanne. Nun ja; das glaub' ich schon; allein die Ursache, warum du eigentlich da bist?

Phil. Die Ursache? (beyseite) Aha; die thut ausförscheln; aber wegen der Rösel sagt der Philipp kein Wort. (laut) Nun; die Ursa= che ist niemand anders als sie.

Hanne. Ich? (beyseite) da steckt noch et= was anders dahinten. (laut) Hast du den Herrn Verwalter nicht gesehen?

Großvater.   C   Phil.

Phil. Den — den g'strengen Herrn, thut sie fragen?

Hanne. Nun ja; den Herrn Verwalter —

Phil. Ja, ja; der ist eben da fortgegangen zu meiner Schwester.

Hanne. Zu deiner Schwester? so; (beyseite) Ich hab ihn schon auf dem Weg. (laut) Nun, nun; ich bin eben nicht neugierig zu wissen, was er dort zu thun hat; allein —

Phil. Der Philipp könnt freylich da der Jungfer Hannerl am besten Auskunft davon geben thun, wenn er wollt; aber nein, der Philipp hats versprochen, kein Wörtl zu sagen; (Pause, leise mit Lachen) Im Vertrauen, der g'strenge Herr ist abscheulich verliebt —

Hanne. (eben so) Verliebt? in wen?

Phil. In meine Schwester; ha, ha ha!

Hanne. Nun, das kann ich mir vorstellen —

Phil. Und da bleibt dem Philipp kein anderes Mittel übrig, als den g'strengen Herrn ein bißl zu foppen, er ist heut zwischen 10 und 11 Uhr nach Haus bestellt —

Hanne. Der Herr Verwalter nach Haus bestellt?

Phil. (lacht) Nun freylich, aber mein Schwester thut kein Wörtl davon wissen,

der

der Philipp hats nur deßwegen gethan, damit er desto eher daher kommen darf, denn der g'strenge Herr hat mir g'sagt, daß der Philipp nächstens heurathen soll; ha, ha, ha!

Hanne. Wen? mich vielleicht? (beyseite) Ich muß mir die Einfalt dieses dummen Jungens zu nutze machen (laut) Nun ja, ich denke, das wird auch keinen Anstand haben —

Phil. (voll Freude) Ist — ist das wahr, o Jerum! was thut der Pilipp da anfangen, wenn er so n'schöns Madel zum Weib bekommen thut —

Hanne. (beyseite) Jetzt muß ich aber gleich Anstalten machen, dem alten Nicklas diese Nachricht zu hinterbringen. (laut) Mein lieber Philipp! leb wohl, ich seh dich bald wieder, ich muß nur geschwinde zu meinem Fräulein —

Phil. Nun adieu der Philipp wird schon bald wieder zusprechen thun, adieu! (küßt ihr die Hand)

Hanne. Adieu Mosje Philipp! (wirft ihm einen Kuß zu, und lachend ab)

Phil. (allein) Nun, wer hätt sich das vorgestellt, daß es ums heurathen so n'leichte Sach wär, Aber — ha, ha, ha; der Herr Vater wird aufschauen, wenn er erfährt, daß der Phi=

lipp heuraten thut, s'g'schieht ihm aber recht, warum sagt er immer, der Philipp thut noch zu jung, seyn und zu talket, zum heurathen — (Pause) Aber lachen, lachen hab' ich müssen, wie sein s'Madel hat fratscheln wollen; sie hat geglaubt, daß man alles so gleich erzählen thut ja anpumpt! wenn man dem Philipp ein Ge= geheimniß anvertraut, ey ja wohl, da muß man früh aufstehen, wenn man was erfahren will; der Philipp thut kein Wort reden (ab)

Sechster Auftritt.

Christoph, allein.

(sieht sich um, nach einer kleinen Pause)

Nun bin ich wieder hier in diesen glückli= chen Mauern; meine ganze Seele hängt so fest an ihr, und doch muß ich sie vergessen. (Emilie schleicht sich heimlich herein) So oft ich mir vor= nehme, sie nicht mehr zu sehen, so oft seh' ich, denk ich nichts, als an sie. Guter Gott! wie unglücklich bin ich, Emilie in den Armen eines andern? (Pause) aber, es sey, zum letztenmal will ich sie sehen, meine Mannskraft soll über

die

die Schwäche meiner Leidenschaft siegen, die
zu befriedigen, Familienstolz und Glücks Güter
verhindern; ja, ich will sie auch jetzt nicht
mehr sehen, nicht mehr sprechen; will ihr
Bild ganz aus meinem Herzen reissen, auch
wenn es sich verbluten sollte. (will fort
eilt gerade in Emiliens Arme.)

Siebenter Auftritt.

Christoph, und Emilie.

Emilie. (mit seelenvollem Blick) Christoph!

Christ. Emilie! (er windet sich aus ihren
Arm) (Pause)

Emilie. (ihm fest unter die Augen sehend
Mein Bild aus deinem Herzen reissen, auch
wenn es sich verbluten sollte?

Christ. Sie liessen mich ruffen, Fräulein!

Emilie. (zärtlicher) Ich weiß eine Zeit,
wo sie ungeruffen in meine Arme eilten — doch
diese Zeit ist vorüber; warum haben sie so
schnell ihre Kleidung verändert?

Christ. Um durch meine neue Bestimmung,
durch meine neue Laufbahn, die seeligen Stunden
zu vergessen, die ich in ihrem Umgang genossen
habe.

                                        Emilie

Emilie. Und was hindert sie jetzt noch, dieser seeligen Stunden zu genießen?

Christ. (sieht stumm zur Erde) Emilie!

Emilie. (beyseite) O daß ich ihm um den Hals fallen, und seine Schüchternheit durch meine Küsse beleben könnte — (ergreift seine Hand) (laut) guter Jüngling!

Christ. Schone meiner, liebes Mädchen, du machst mich unglücklich —

Emilie. Ich dich unglücklich? ja, wenn du es durch meine Liebe werden kannst, so sey ganz unglücklich; du wendest deinen Blick von deiner Emilie, und ehedem fandest du doch so viele Freud in meinem Gesicht; sieh mich an, guter Jüngling!

Christ. (vor Ihr auf den Knien) Emilie, nur eine Bitte — nur eine Bitte gewähre mir —

Emilie. Rede, Mann meines Herzens! alles sey dir gewähret, was du verlangest —

Christ. So hasse mich; und ich habe doch wenigstens den einzigen Trost, in meinem Unglück, nur mich allein, und dich nicht unglücklich zu sehen.

Emilie. Ich soll dich hassen? (hebt ihn auf) fühle an mein Herz, wie es schlägt — nur für dich — für dich allein, und ich soll dich hassen?

Chri=

Chriſt. Willſt du mich noch elender machen? Bedenke deine Verhältniſſe, deine Glücksumſtände, ich bin arm —

Emilie. Und wenn du ein Bettler wäreſt, du wirſt mein Mann!

Chriſt. Engliſches Mädchen! die erſten Reize der Liebe ſterben ſo oft nach dem Genuſſe; willſt du dich durch einen einzigen übereilten Schritt einer ewigfortdaurenden Reue in die Arme werfen? Nein, gutes Mädchen, erfülle den Willen deines Vaters; du ſchwureſt ihm blinden Gehorſam, väterlicher Fluch könnte dir nachhallen aus dem Grabe, wenn du ihn nicht erfüllteſt; ſey glücklicher als ich es bin, als ich es nie werde, weil ich dich geliebt habe.

Emilie. Und doch ſagt mir dein Auge, daß du mich noch liebſt —

Chriſt. Nun ſo höre es feyerlich, heilig und ernſt; Emilie! ich liebe dich nicht mehr. (ſchnell ab)

Emilie. (allein) Ich liebe dich nicht mehr; ſo ſagte er ja? Mich nicht mehr lieben? ha! geh her, liebenswürdiger Betrüger! ich will dir feſt unter das Auge ſchauen, und dann erkühne dich noch, mir die ſchwärzeſte aller Lügen in das Geſicht zu ſagen; ſprich aus das verwünſch-
te

te Wort: ich liebe dich nicht mehr: und kannst
du das — kannst du das, ha! so entsage ich
jedem Gefühl der Menschheit, mache dich vor
Himmel und Erde zum Lügner, zum Betrüger,
zum Teufel! (ab)

Achter Auftritt.

(Kaspers Zimmer)

(Rosine allein, steht vor dem Tisch, um denselben
zu decken, setzt die hölzernen Teller umher)

Da sitzt der Vater, da der Großvater,
dort die Großmutter, da sitz ich, da der Chri=
stoph, und da — (sieht nach der Thür) Nun, ich
hab geglaubt, es kömmt jemand, so oft ich halt
die Thür gehen hör, so meyn ich mein Christoph
müß' hereinkommen — (zählt wieder) also da der
Vater — (eben so wie oben) Nun, schon wieder?
s'ist doch ein budelnärrisch Ding um die Liebe;
ich weiß gar nicht, wie mir ist; da krippelts,
da krappelts oft in meiner Herzkammer, daß
ich nicht weiß, wo aus noch ein; also hier ich,
und neben mir der Christoph — (sieht sich um)
Jetzt kommt sicher jemand; Nein, schon wieder
                                          nicht

nicht; Ja so werd' ich freylich mit meinem Tischdecken nicht fertig werden. (Sie macht das Tischtuch zurecht, und wie sie die Thüre öfnen sieht, will sie ihm entgegen, und nimmt das ganze Tisch= zeug mit Tellern mit)

Neunter Auftritt.

Rosine, Philipp.

Phil. (kommt in Gedanken, erschrickt über den Fall) O Jerum! da ist der Teufel los! (springt gleich in das Nebenzimmer ab)

Zehnter Auftritt.

Rosine, hernach Christoph.

Rosine. (allein) Nun da haben wir den Plunder, jetzt liegt alles auf der Erde, Hilf Himmel! wie bin ich erschrocken! (sie hebt alles auf)

Crist. (kommt, setzt sich auf einen Stuhl) Nun wär es vorüber, Gott grüß dich, liebes Röschen! (steht auf)

Ro=

Rosine. Nun, steht der Mensch nicht da wie ein Schelm, so will ich eine Here seyn, komm her, lieber Christoph! (ergreift seine Hand) hast mich denn gar nicht mehr lieb? he! (weint) Es ist schon recht! hi hi hi!

Eilfter Auftritt.

Vorige, Kasper.

Kasp. He, he! was giebts denn wieder? Was ist's, Madel! daß du flennst; machst ja ein Gesicht wie die Katz, wenns donnert.

Rosine. (schluchzend) Da, da hab ich dem Christoph —

Kasp. (ihr nachäffend) Da, da hab ich den Christph, und was hast?

Rosine. Dem Christoph gesagt, daß, — nun so red, wenn du's Herz hast —

Kasp. Jetzt weiß ich sooiel als vorher, so red, du Blizmädel!

Christ. Was soll ich es euch verhehlen, guter Mann! eure Tochter liebt mich.

Kasp. Und deßwegen weint's, der Einfaltspinsel!

Ro=

Rosine. Heurathen will er mich nicht, da steckt der Haaß im Pfeffer.

Kasp. Nun, nun, nun, was heut nicht ist, ist morgen, er wird dich schon heurathen, wenn er Appetit dazu kriegt —

Rosine. (weinerlich) Schon recht, wenn er mich aber heut nicht mag und morgen nicht, so wird er nie mein Mann; weiß er das! (ab)

Zwölfter Auftritt.

Kasper, Christoph.

Kasp. Nun, und wie ists denn jetzt mit dir? ich dächt halt doch, du solltest dich jetzt auch n'bißl um deine eigene Hauswirthschaft umschauen.

Christ. O mein lieber Kaspar! dazu ist immer noch Zeit genug

Kasp. Nun, nun, soll etwa die Zeit kommen, wenn du die 50 Jahrl auf den Buckel kriegst; glaub, mir, Vetter! s'ist keine so schlimme Sach ums Heurathen, als du etwa glaubst; s'thut einem gut, wenn man so nach überstandener Tageslast nach Haus kommt, und seinen eigenen Heerd antrift.

Chri=

Chriſt. Ihr habt Recht, guter Mann!

Kaſp. Und wenn einem denn ſo ſein geſundes Weib entgegen kommt mit einem freundlichen Geſicht, an jeder Hand ein Paar Fratzen dem Vater entgegen führt, und alle ſo in einer Melodie einem zuruffen — Grüß euch Gott, Vater!

Chriſt. Gott! was giebt es für glückliche Menſchen!

Kaſp. Ha, meiner Six! da kruſelts einem durchs Herz, daß man gleich in die ganze Schöpfung n'Juheyſchrey werfen möcht, um der Welt zu ſagen, wie glücklich man iſt.

Chriſt. (beyſeite) Gott! wem auch dieſes einſt beſchieden wäre.

Dreyzehnter Auftritt.

Vorige, Roſine, Philipp hinter ihr.

Roſine. (ſchnell) Vater — Vater! ein vornehmer Herr aus der Stadt —

Phil. Thut geradewegs in unſer Haus kommen, führt unſern Großvater am Arm.

Ro=

Rosine. Und denk nur daran, lieber Christoph, er hat gar n'rothes Band am Rock hängen —

Kasp. Was sagst du? Mädel! so ein vornehmer Herr kommt aus der Stadt zu uns, tausend sa, sa! was hat das zu bedeuten?

Christ. Es wird vielleicht gar schon der Präsident seyn —

Kasp. Wie, wie titulirt man denn so n'Herrn; sag mir's nur, Christoph!

Christ. O mein lieber Freund! so vornehm der Mann ist, so wenig sieht er auf grosse Ehrenbezeugnngen; man nennt ihn sonst Excellenz —

Phil. (für sich) Excellenz thut man ihn heissen —

Kasp. Nun; s'ist ja nur so n'Frag, damit man nicht etwa gar n'Bock macht, oder für n'Grobian passirt; also Ex —Exellenz— (Rosine lauert an der Thür)

Christ. Oder geradehin; Herr Graf.

Kasp. Was? also n'Graf ist er auch noch dabey; das muß n'vornehmer Herr seyn.

Rosine. (springt zurück) Vater, Vater! ich will eine Hexe seyn, er kommt schon —

Phi=

Phil. Richtig, er thut schon kommen —
(macht komische Pantomime)

Kasp. Nun also in Parade; Fikerment!
er macht schon die Thüre auf.

Vierzhenter Auftritt.

Vorige, Präsident.

(führt den alten Niklas am Arm herein. Phi=
lipp macht seinem Vater alles nach)

Präsid. Kommt, guter Alter, kommt;
führt mich in eure friedliche Wohnung.

Niklas. (Pause, stüzt sich auf seinen Stock)
O mein guter Gott! bin so oft die Stiege auf
und ab gegangen; und doch noch nie so leicht
als heute in meinem 96. Jahr.

Präsid. Und warum das? guter Mann!
gerade heute?

Niklas. An dem Arm eines so vornehmen
Herrn; o Euer Excellenz! das thut einem al=
ten Manne so gut, wenn man sich noch in sei=
nem hohen Alter geliebt und geehrt sieht; es
erinnert einen so gerne an die Vergangenheit
der verflossenen Lebenstage.

Chri=

Chriſt. (tritt vor) Eure Excelenz, Sie ma=
chen uns durch ihre Gegenwart ganz glücklich.

Präſi. Wie gerne würde ich es wünſchen,
euch, guten Leute! glücklich machen zu können;
hier wenigſtens einen Beweiß davon; (zieht eine
Schrift herfür) Ich komme ſo eben von dem
König, der ſich nur einige Meilen von hier
auf ſeinem Luſtſchloß befindet; Er gab mir die
ſtrengſte Ordre, die ganze Aufführung des
Bergverwalters unterſuchen zu laſſen; und giebt
ihnen einſtweilen die Bergſchreiberſtelle mit
600 fl. Gehalt.

Chriſt. Euer Excellenz! wodurch verdie=
ne ich ſo viele Gnade —

Niklas. (will den Präſidenten die Hand
küſſen.) Gott ſoll ſie dafür ſeegnen! gnädiger
Herr!

Präſi. Wem gehören denn dieſe lieben
Kinder?

Fünf=

Fünfzehnter Auftritt.

Vorige, 2. Kinder. Rofine, Philipp, Jo=
feph, (alle fpringen ihren Großvater zu, jedes
von den Kleinen ein Stück Brod in der Hand.)

Da find wir fchon wieder;

Der Kleine. Sieh einmal lieber Großva=
ter! was mir die Mutter für ein groß Stück
Brod gegeben hat.

Niklas. Ey — ey — fo feht euch doch
einmal um, wer zugegen ift — Neig dich hübfch
tief — (Sie machen alle eine Verbeugung) vor
diefen vornehmen Herrn.

Hanne. Du Seppei! fchau einmal — das
ift ein vornehmer Herr, und doch dabey fo
freundlich.

Präf. Das find ohne Zweifel eure Enkel?

Niklas. Zu dienen, gnädiger Herr!

Präf. Allerliebfte Kinder!

Kafp. (tritt herfür) Und ich bin — wenn
ich fo grob feyn darf, der Vater dazu.

Präf. Gut — mein lieber Mann! mich
freut es fehr euch kennen zu lernen.

Kafp. Und mich desgleichen — Euer hoch=
gräflichen Gnaden! da fehens, einmal an —
nicht anders wie die Orgelpfeifen, als wenn
fie

sie gedrechselt wär, mein Kronprinz da ist ein bißl ausgrutscht.

Phil. Ich bin der Philipp —

Kasp. Es ist ein Mondskind! Euer Exzellenz!

Sechzehnter Auftritt.

Vorige, Lise. (mit den 2 kleinsten.)

Lise. Ey, ey — ey! wart's nur, ihr kleinen Schelmen! lauft's mir da davon, und euer Großmutter laßt's im Stich —

Christ. Hier, Euer Exzellenz! meine Pflegmutter.

Präsi. (zu Niklas) Also eure Frau?

Niklas. Ja, Euer Exzellenz! 88. Jahre sie — und ich 96. — Morgen sind gerade 50. Jahre, daß wir uns verheurathet haben.

Präsid. Also morgen 50. Jahre — Nun guter Alter! ich werde eurem Hochzeitfest beywohnen.

Lise. Du — du Niklas — sag mir doch, was, was ist denn das für ein vornehmer Herr?

Niklas. So sey nur still, alte Lise! Es ist Sr. Exzellenz der Herr Bergpräsident.

Großvatter.   D   Ka=

Kasp. (bey seite) Nun das wird Müh ko=
sten, bis man das der Frau Mutter wieder
expliziren wird.

Lise. (sieht ihn an, Pause.) Ich hab dich
nicht verstanden, Niklas!

Präsid. (giebt ihr die Hand) Gott grüß
euch, liebe, alte Mutter!

Lise. (neigt sich) Sie müssen schon ein
bissel lauter reden, ich hab so bisweilen n'
Fluß in den Ohren.

Präsid. Ihr seht ja noch hübsch munter
und frisch aus, noch stark und fett.

Kasp. Das ist eben nix nutz, Euer Ex=
zellenz! Sie laborirt an der Wassersucht.

Präsid. An der Wassersucht?

Lise. Ey, so müssen Sie mir nicht kom.
men; ich habe 7. Kinder gebohren und erzogen
und es hat sich noch kein Mensch über meine
Kinderzucht beklagt.

Niklas. So gieb dich nur zufrieden, du
hast ja Sr. Exzellenz nicht verstanden.

Kasp. Das ist doch ein Kreuz und ein
Elend, meiner Sex.

Lise. (weinend) Was? und du fürchtest
dich nicht Sünden, daß du deine Mutter n'
alte Hex heißt — wart — wart nur, das will

ich

zu unserm Herrn Schulmeister sagen. (Niklas will ihr durch Pantomime beweisen, daß sie unrecht gehört hat) Nun — nun es ist ja nicht nöthig, daß du so abscheulich schreyest, man hört ja wohl noch gut. Aber jetzt geh ich grad zum Herrn Schulmeister! Du ehrvergeßnes Kind!

Kasp. (hält sie zurück) Mutter! so höre doch nur.

Lise. (in vollen Grimm) Was — was — das unterstehst du dich, mir zu sagen, mir deiner alten leiblichen Mutter; ich sags ja — das hat man davon, wenn man Kinder kriegt. (weint, neigt sich mit gefalteten Händen) Der liebe Himmel ist mein Zeuge, ich hab mich immer so ehrbar und züchtig aufgeführt, und das muß ich noch an meinen Kindern erleben.

Kasp. Ihr habt mich ja nicht verstanden Mutter!

Siebenzehnter Auftritt.

Vorige, Marthe.

Marthe. (eilend) Der Bergverwalter schickt hieher, und läßt euch fragen, warum ihr nicht an der Arbeit seyd?

Niklas. Wollen Euer Exzellenz Augenzeu-

D 2 ge

ge von den niedrigen Gesinnungen des Berg=
verwalters werden, so kommen Sie mit mir

Präsid. Ja — das will ich — (beyseite)
Ich weiß nicht, welche Anhänglichkeit' mich an
diese guten Leute fesselt, ich folge euch.

Kasp. Du Roserl! gehst voran, fort —
und wenn er dirs zu bunt macht, werd' ich
dir schon zu Hilfe eilen.

Rosine. Schon recht, Vater! (ab.)

Präsid. Er muß ein böser Mann seyn,
der Verwalter?

Kasp. Ja — Euer Gnaden! er kommt
mir nicht anders vor, wie ein ausgelogner So-
lizitator, der über nichts mehr roth wird.

Lise. (hält den Präsidenten am Rock) Ha=
bens was g'sagt — ja — Sie haben Recht,
aber ich hab' Sie schon wieder nicht verstanden.
(ab.)

Präsid. Kommt — alte Mutter! (Alle ab.

Acht=

Achtzehnter Auftritt.

(Bergwerck. Alle Bergleute in der Schacht. Bergverwalter allein, hernach Rosine.)

Verw. Wenn ich mich nicht irre — dort
kömmt sie — ja sie ists — Willkomm, willkomm
mein schönes Mädchen!

Rosine. Schön willkomm, g'strenger Herr!
was führt denn sie daher um die Mittagsstun-
de?

Verw. Nun, sie hat mich ja daher bestellt.

Rosine. Wer hat sie daher bestellt?

Verw. Nun, sie darf sich nicht scheuen —
durch den Philipp — es ist nicht nothwendig,
daß ihre Eltern etwas davon wissen müssen.

Rosine. Ey das ist wohl nothwendig, meine Eltern dörfen alles wissen, was ich thue,
aber sagens, was wollens denn von mir haben?

Verw. Hör — ich bin dir von Herzen
gut. (Kasper schaut herfür.)

Rosine. Da dank ich halt schönstens dafür.

Verw. Und ich hab dich lieb — und ich

will

will haben, daß du mich auch liebhaben sollst,
ja — ja, das will ich —

Rosine. So — aber hören Sie — das
wird wohl nicht seyn können.

Verw. Und warum nicht? komm her —
laß dich küssen — (Rosine schreyt, Kasper kommt
herfür) (Rosine eilt ab.)

Neunzehnter Auftritt.

Bergverwalter, Kasper. Einige Bergknappen.

Kasp. He! alle Donnerwetter! was giebt
es hier? was machen Sie hier ganz allein
bey meiner Tochter?

Verw. Was — was geht das ihn an,
er Grobian!

Kasp. Was? ein Grobian auch noch,
Herr! was haben Sie nöthig, mein Mädel da
abzuküssen — das will ich wissen?

Verw. Hier ist die Antwort. (schlägt ihn
auf die Wange)

Kasp. Alle Teufel! was ist das? (die Bergknappen nehmen ihn mit Gewalt, tragen ihn zu dem
Haspel und lassen ihn rücklings in die Grube hinunter fallen. Er schreyt.) Jetzt muß ich die

Leu-

Leute holen. · Schau auch einmal zu, Kerl! wie sichs unter der Erde leben läßt. (ab)

Zwanzigster Auftritt.

(Man hört den Bergverwalter rufen.   Philipp kommt.)

Phil. Jetzt muß der Philipp doch sehen thun, ob der g'strenge Herr daher kommt.

Verw. He — Leute! kommt mir zu Hilfe — der Schurke —

Phil. Was — was hört denn der Philipp? das ist ja der g'strenge Herr — er wird ja nicht gar mit meiner Schwester da hinunter gefallen seyn — (ruft) G'strenger Herr! G'strenger Herr!

Verw. Bist du es, Philipp? zieh mich herauf.

Phil. Wie ist denn aber der g'strenge Herr da hinunter kommen? ha, ha, ha!

Verw. So zieh mich nur herauf am Seil verfluchter Kerl!

Phil. Von Herzen gern, wenn der Philipp nur stark genug ist; thu der g'strenge Herr auf den Haspel sitzen.

                                        Verw.

Verw. Ich fiß ja fchon.

Phil. (will ziehen, er ift ihm zu fchwer.) Es
geh nit, der g'ftrenge Herr ift zu fchwer;

Verw. So bind das Seil um den Leib,
und häng dir ein paar fchwere Gewichter an die
Füffe.

Phil. Das wird der Philipp auch thun.
(er bindet fich 2 Gewichter an die Füffe, das Seil
um den Leib, zieht an, er fällt hinunter, fchreyt, und
der Bergverwalter herauf, er macht fich los.)

Verw. Dem Himmel fey Dank, ich bin
gerettet!

Phil. (fchreyt) G'ftrenger Herr! G'ftrenger Herr!

Verw. Schrey du, fo lang du willft, der
g'ftrenge Herr geht nach Haus. (ab, Philipp
fchreyt.)

Ein und zwanzigster Auftritt.

Kasper, Niklas, Rosine. (alle Bergleute.)

Chorus.

Alle.

Kommt, Brüder! ihr sollet bald sehen,
Was mit dem Verwalter geschehen;

Hier liegt er da unten im Schacht,
Wir wünschen ihm ruhige Nacht.

Phil. Zu Hilfe! Zieht mich auf!
(Alle lachen) Ha! ha! ha!

Alle.

Hier liegt er da unten im Schacht,
Wir wünschen ihm ruhige Nacht.

Phil. (rittelt am Seil, schreyt) Zieht auf!
Alle. (Sie ziehen ihn herauf) Was hör ich
da unten?

Phil. (mit grämmlicher Stimme, weinend)

Der g'strenge Herr lag drunten,
Der Philipp kommt daher allein;
Hört inder Schacht erbärmlich schreyn,
(Alle lachen.)

Er ruft um Hilf — ich ziehe her und hin;
Auf einmal liegt der Philipp drinn.

Alle.

Alle.

Der Spaß ist zum lachen,
Was wollen wir machen?
Spott ist nun sein Lohn,
Wir gehen davon!

(sie begleiten ihn unter Lachen nach Hauß.)

Ende des zweyten Aufzugs.

Drit

Dritter Aufzug.

Erster Auftritt.

(Zimmer in des Bergverwalters Haus. Emilie schreibt, ließt bis zur Unterschrift.)

„Du giebst vor, deine Emilie nicht mehr
„zu lieben, und in dem Augenblick, daß du die=
„se lügnerischen Worte aussprachest, laß ich
„das Gegentheil aus deinen Augen — —
„ — Komm eile in meine Arme, ich habe dir
„soviel zu entdecken, das ich nur denken, nicht
„schreiben — nur dir sagen kann.

Ich bin ewig

deine Emilie.

(Sie klingelt) Hanne! (macht den Brief zusam=
men.)

Zwey=

Zweyter Auftritt.

Emilie, Hanne.

Hanne. Hier bin ich schon mein liebes Fräulein!

Emilie. Nun hab ich ihm geschrieben — und du wirst sogleich Mittel und Gelegenheit suchen, ihm den Brief zu übergeben.

Hanne. Ganz recht — es geht in einem hin — Sehen Sie — (zeigt ein Briefchen, das sie in der Schürze hat.) ich habe auch ein kleines Briefchen geschrieben. Sie wissen ja, wir müssen durch die Dummheit dieses Jungens, jeden Vorfall zu spionieren suchen.

Emilie. Geh, und hole Licht; um den Brief zuversiegeln.

Hanne. Ich eile wie der Wind, um zu ihren Diensten zu seyn. (schnell ab.)

Drit=

Dritter Auftritt.

Emilie, dann der Bergverwalter.

Emilie. (allein) Ja — Chriſtoph für mich und ſonſt keiner mehr! Ha — mein Oheim!

Verw. (in vollem Grimm) Wie ich dir ſag, daran biſt du Schuld, ich werd' aber ſchon Gegenheit finden, mich dafür zu rächen;

Emilie. Was iſt ihnen denn? was fehlt ihnen, Herr Vormund!

Verw. Mich in die Bergſchacht zu werfen, mich ſo zu behandeln? das ſoll ſchwer geahndet werden.

Emilie. So reden Sie doch, beſter Herr Oheim! was iſt denn geſchehen? (beyſeite) Himmel! ich zittre.

Verw. Heute noch in Arreſt — in Arreſt mit der ganzen Familie. Hauß und Hof verkauft, und dann fort mit ihnen aus dem Dorf.

Emilie. Ich hoffe doch nicht, daß Sie Verdrüßlichkeiten mit den Bergleuten gehabt haben?

Verw. Hab's, freylich hab ich's gehabt, aber ich ſchwöre dir, meine Rache ſoll fürchterlich ſeyn.

Emi=

Emilie. Sie werden doch nicht, lieber Oheim! den armen Niklas in Kerker werfen?

Verw. Das werd' ich, das will ich.

Emilie. Das werden Sie? das wollen Sie? Wenn Sie das thun, Oheim, so schwör ich Ihnen unversöhnlichen Haß, ewige Feindschaft zu; Ich werde ihre eigene Anklägerin vor dem König werden, ich werde die Armen Leute schützen, und hören Sie Gott und ihr Gewissen nicht, gut! so werd' ich noch Menschen finden, die die Unschuld schützen, und ihre Unterdrücker zu Böden stürzen (ab)

Verw. Ha, ha, ha! geh nur, verliebte Schwärmerin! deine Drohungen achte ich nicht. An der Familie muß ich mich rächen, und wenn ich selbst darüber zu Grunde gehen sollte. (ab)

Sechs=

Sechster Auftritt.

(Kaspars Zimmer)

Der Präsident, ein königl. Jäger.

Präsid. (ließt einen Brief) Sagen Sie dem König, daß ich in diesem Augenblick aufbrechen werde. (Jäger ab) Was mag vorgefallen seyn, daß er mich so eilig verlangt? Ich verlasse ungern diese guten Leute.

Siebenter Auftritt.

Präsident, Niklas und Christoph.

Christ. Ein Feldjäger von Sr. Majestät, war bey Euer Excellenz?

Präsid. Ja, mit dem Befehl, sogleich zu ihm zu kommen.

Niklas. Jetzt sind wir wieder aufs Neue verlassen.

Präs=

Präsid. Nein, guter Alter! entweder mor=
gen oder heute noch bin ich wieder bey euch;
Machen Sie Anstalt. Freund! (Christoph ab)

Achter Auftritt.

Vorige, Bernhard,

(mit einem Stock, reisefertig)

Bernh. (ausser Athem, wischt sich den
Schweiß ab, sieht sich gleich um einen Sessel um,
und setzt sich) Tausend sa, sa, das heiß ich gelau=
fen, hab doch nicht geglaubt, daß ich alter
Knasterbart noch so gut anf den Beinen bin.

Niklas. Woher denn? alter Bernhard!

Bernh. Woher? woher? wie kannst noch
fragen? laß mich nur ein bißl ausschnaufen —
von unserem lieben, braven, guten König komm
ich her, geradenwegs —

Niklas. (Vom König?
Präsid. (

Bernh. (immer noch ohne den Präsidenten zu
sehen, zu Niklas) Nun, nun, ist das nicht ei=
ne

ne Verwunderung, glaubt mir, Vater Niklas!
hundertmal will ich lieber mit dem König als
nur 3 mal mit dem Verwalter reden.

Niklas. Und was habt ihr denn aber bey
unserm König gethan?

Bernh. Verklagt hab ich den Verwalter,
wie er so diesen Morgen über euch den Berg=
ältesten gescholten und geflucht hat, wie er nicht
ein bißl Ehrfurcht vor eurem grauen Kopf ge=
habt hat, euch mit Arrest gedroht, da gieng
mirs Blut über, die hellen Thränen kamen mir
in die Augen. Ich hörte von eurem Christoph,
daß der König in Ludwigsberg wäre, da gieng
ich auf und davon, ich treff' ihn an im Wald,
fall vor ihm auf die Erd; erzähl ihm alles —

Niklas. Und er hat euch angehört, der
König?

Bernh. Angehört? fragt ihr? da seht —
6Carolins hat er mir gegeben, wie ich ihm ge=
sagt habe daß ich 14. Jahre Feldwäbel unter seines
hochseeligen Herrn Vaters Leibregiment war.

Niklas. Seegen dem guten König!

Präsid. (beyseite) Ha! daß er dieses hören
könnte!

Großvater.   E   Bern=

Bernh. Und wie ich ihm da erzählt hab
daß ihr morgen euer 50 jähriges Ehjubiläum
feyertet, so fragte er um euren Namen, schrieb
ihn auf.

Präsid. (beyseite) Wenn meine Ahndung
gegründet wäre?

Niklas. Hörens Euer Excelenz! um meinen Namen hat er gefragt, aufgeschrieb en hat
er meinen Namen, o der gute König!

Bernh. (beyseite) Was ist den das für eine
n'Excellenz! Vater Niklas?

Niklas. Ein vortreflicher Herr, eben so
gut und leutseelig wie unser gnädigster König
Es ist der neue Herr Bergraths = Präsident.

Neunter Auftritt.

Vorige, Christoph.

Christ. Euer Exellenz! der Wagen steht
vor der Thüre.

Präsid. So muß ich euch verlassen. Nun,
bis auf Wiedersehn, guter Alter! morgen kom=
ich wieder zu euch. Lebt indessen wohl. (giebt

Bern=

Bernhard die Hand) Vater Bernhard! Feldwä=
bel unter des hochseeligen Königs Leibregiment
waret ihr? (schüttelt ihm treuherzig die Hand)
Morgen sollet ihr euren alten Hauptmann ken=
nen lernen; Lebt wohl!

Christ. Der Himmel führ euer Excellenz
wieder glücklich zu uns.

Präsid. (wendet sich um) Laßt den Verwal=
ter mit euch unternehmen, was er will; ich brin=
ge euch Hilfe, dafür bin ich Bürge.

Niklas. (Seegen über den guten Herrn!

Bernh. (Tausend Grüsse an unsern lie=
ben, braven König! (Sie begleiten ihn alle ab)

Zehnter Auftritt.

Kaspar und Philipp aus dem Seitenzimmer.

Kasp. Jetzt geh her! du Hausverräther!
(schleppt ihn am Arm herbey) Was hast du alle
Tage bey dem Bergverwalter zu thun? das
will ich wissen.

Phil. (weint) Nun; das — kann — ja der
Philipp dem Herr Vater schon sagen thun; da —

da — (troßend) thuts ja nicht soviel Umstände
brauchen mit dem Philipp.

Kasp. Und wer hat dir denn die Erlaub=
niß gegeben, den Bergverwalter zu deiner Schwe=
ster zu bestellen? he.

Phil. Die — die Erlaubiß? die hat dem
Philipp kein Mensch gegeben; der Philipp hat
halt gedacht, daß er uns n'Ehr anthut, wenn
der Herr Bergverwalter bey uns n'Bsuch ab=
statten thut.

Kasp. So Spißbub! wart ich will dir
die Ehr auf den Buckel schreiben, (will auf ihn
zu)

Eilfter Auftritt.

Vorige, Lise, Rosine, und Marthe.

Phil. (wie er die Großmutter kommen sieht,
versteckt er sich hinter diese) Frau Ahnel! Frau
Ahnel! der Herr Vater thut den Philipp schla=
gen.

Li=

Life. Was willſt mir ſagen Philipp! he!

Marthe. (hält Kaſpar zurück) Sey wieder gut, Kaſpar!

Kaſp. Der Spißbub! ſeine eigene Schweſter zu verführen; in die Hände eines ſolchen Schurkens zu liefern? wenn du mir noch einmal ins Bergverwalters Haus gehſt, ich brech dir die Haar' ab.

Phil. Der Philipp thut nimmer dahin gehen, Herr Vater!

Kaſp. Und wenn du mir noch einmal wegen der Roſine —

Phil. Der Philipp thut auch nix mehr wegen der Roſine —

Kaſp. Und wenn du mir noch n'einzigen dummen Streich —

Phil. Der Philipp thut keinen einzigen dummen Streich —

Kaſp. Was jeßt der Kerl mit ſeinem Philipp und Philipp immer haben will, das weiß der Teufel! pack dich fort; dummer Junge!

Phil. Der Philipp packt ſich; der Philipp iſt aber kein dummer Junge. (ab)

Kaſp. Weib! Weib! wenn ich nicht g'wiß wüßt, daß du n'ehrlichs Weib wärſt, ſo müßt

ich

ich glauben, daß sich der Bube auf eine unrech=
te Art in unsre Familie einquartirt hätt'.

Marthe. Komm du mit mir, lieber Mann!
eine Schwalbe macht keinen Sommer; er wird
schon klüger werden, wenn er einmal älter ist.

Kasp. Ich laß mirs nicht nehmen, der Kerl
ist ein Wechselbalg. (ab)

Lise. Freylich ist er ein bißl ein Talk;
aber wer kann dafür; du bist ja sein Vater
(ab)

Zwölfter Auftritt.

(Zimmer in des Verwalters Haus)

Emilie, hernach Hanne.

Emilie. (allein)- Noch keine Antwort auf
meinen Brief; sollte er etwa denselben gar
nicht — ha! ein Gedanke, der mir Gift in meine
Seele haucht. (Hanne kommt ganz langsam und
traurig) Wo bleibst du denn, langsame Zauderin!

Hanne. Hier, Fräulein!

Emi=

Emilie. (reißt ihr den Brief haftig aus der
Hand, ließt die Auffchrift) „An Emilie Zeller;,
ja es ist seine Hand; (küßt den Brief) Ich bin
begierig wie er seine übereilte Gleichgültigkeit,
seine unüberlegte Zurückhaltung entschuldigen
wird. (erbricht das Couvert) Aber was seh' ich?
mein Brief unerbrochen zurück! (ließt das Couvert)
„Fräulein! ihren Brief zu eröfnen, verbiethet
„Rechtschaffenheit und Ehre; ich habe sie geliebt,
„ich darf Sie nicht lieben; ich liebe Sie nicht
„mehr.‟

Criftoph.

(Paufe, mit verbiffenem Grimm) Hat er das ge=
fchrieben? fag — red — liebe Hanne! faheft du,
wie er diefes hinfchrieb?

Hanne. Ja, beftes Fräulein! er zauderte
lange, ob er ihren Brief erbrechen follte, endlich
fchrieb er diefes; und —

Emilie. (zereißt das Couvert) Da bring
ihm feine verfluchte Schrift; fag ihm, daß ich ihn
haffe, verabfcheue; (trocknet fich eine Thräne) Der
Niederträchtige! wie weit er mich herunter fetzt,
wie fehr er mich entehret.

Hanne. Fräulein! mäffigen Sie ihre Lei=
denfchaft —

Emi=

Emilie. (Pause) Also getäuscht, hintergangen, verachtet; (verbirgt das Gesicht mit dem Tuch) O Gott! das Herz bricht mir! (wirft sich auf den Stuhl)

Hanne. Bestes Fräulein!

Emilie. schnell auf) Das ist zuviel; ja bey Gott! du sollest empfinden, wie sich verachtete Liebe eines Mädchens meiner Art rächen wird. (Pause, entschlossen) ja; es seye! ich will mich rächen, will stolz darauf seyn, mich fürchterlich zu rächen! (Bergverwalter kommt) Eben zur gelegensten Zeit —

Dreyzehnter Auftritt.

Vorige, Bergverwalter.

Verw. Was ist geschehen? Nichts! was ist dir widerfahren? dein Gesicht glüht; du siehst ja ganz zerstöhrt aus? Rede.

Emilie. (ruhiger) Nichts, gar nichts.

Verw. Nun; nun; um nichts und wieder nichts sieht man doch nicht so zerstört aus. (zu Hanne) Was machst denn du hier, Nasewei=

weifes Mädchen! pack dich deine Wege; was
haft du nöthig, zuzuhörn, wenn wir zufammen
reden?

Hanne. Nun fo kann ich ja gehen; Sie
haben mich gewiß fchon wieder in Verdacht,
als wenn ich einen Brief oder fo etwas gebracht
hätte? O die liebe Unfchuld, was muß die
nicht bey einem Mädchen alles leiden. (ab)

Verw. Ja — ja; die liebe Unfchuld, die
muß freylich bey euch Stubenmädchen oft viel
leiden; aber fo fag du mir doch, liebe Nichte!
du ftehft ja ganz in Gedanken?

Emilie. (für fich) Ja; es muß feyn. (laut)
Herr Oheim! wegen den Angelegenheiten mit dem
alten Niklas und feinem Pflegfohn habe ich
meine Gefinung ganz verändert.

Verw. Ift es möglich?

Emilie. Ich will mir nun Mühe geben,
ihn ganz zu vergeffen, auch übergebe ich ihnen
den Zuftand meines Vermögens.

Verw. (beyfeite) Nun ift der Zeitpunkt der
Rache da; (laut) ich komme fogleich wieder zu
dir, liebes Nichtchen! wichtige Gefchäfte — Leb
wohl — (im Abgeben) Das Sprichwort fagt,
man muß Pfeiffen fchneiden, wenn man im Rohr
fitzt. (ab)

Vier=

Vierzehnter Auftritt.

Emilie allein.

(wild vor sich hersehend. Pause) Ja! ich will
das süsse Vergnügen geniessen , ihn vor mir
kriechen zu sehen, (Pause) Wie aber ; wenn
mein Oheim diese kleine, weibliche Schwach=
heit benutzte, um durch mich die ganze Familie
zu stürzen? (die Hand ans Herz) Gott! was
war das? wie mein Herz schlägt — wie das
Blut in meinen Adern zittert? Was hab ich
unternommen? in welches Labirint von Unglück
(und Verzweiflung stürze ich die ganze Familie
Pause, die Hände ringend) O guter Gott! (mit
Thränen) wie sehr fühle ich jetzt erst in dem
fürchterlichen Augenblick, daß ich nur ihn lie=
ben, nur in seinen Armen glücklich werden kann
O Liebe! Liebe! du machst uns Weiber so oft
zu Engeln, aber auch öfters zu Teufeln. (ab)

Fünfzehnter Auftritt.

(Zimmer in des Kaspars Haus)

Niklas, und Rosine.

Niklas. (allein) Nun ist er fort, der vor=
trefliche Herr! Mein Gott, wie schön ist es
doch wenn, Vornehme so herablassend gegen Ge=
ringere sind. Es ist einem so wohl, bey einem
solchen Mann; und man erinnert sich dabey an
die seelige Zukunft, wo einst im Himmel auch
alles gleich seyn wird.

Rosine. Lieber Großvater! der Bergver=
walter mit dem Gerichtsdiener und einigen
Soldaten.

Niklas. Sollte es möglich seyn?

Rosine. Hilf Himmel! Sie kommen schon,
ich hole die Mutter. (ab)

Sech=

Sechzehnter Auftritt.

Niklas, Bergverwalter, Gerichtsdiener, 2 Soldaten und Christoph.

Christ. (unter der Thüre, will den Verwalter den Zutritt verweigern) Herr! ich will wissen, wen Sie verlangen, was soll die Wache?

Verw. (kalt) Wozu diese aufbrausende Hitze, junger Mensch? ich verlange in dieses Zimmer.

Christ. Nicht eher, bis ich die Ursache ihrer Gegenwart gehört habe.

Verw. (will Gewalt brauchen) Das wollen wir doch sehen.

Christ. Bei Gott, Herr! Sie kommen nicht hinein, bis ich weiß, was Sie wollen.

Verw. Leute! braucht Gewalt! (sie stürzen herein.)

Niklas. (mit dem Bewußtseyn der Ehrlichkeit) Sie suchen vielleicht mich? hier bin ich.

Verw. Ihr wandert in den Schuldthurm.

Christ. Wer? mein Pflegvater in Schuldthurm? Nein, Herr! das geschieht nicht, auf

wes=

weſſen Befehl unternehmen Sie dieſe ſchändli=
che Handlung?

Verw. Auf meinen eigenen, und auf Be=
fehl derjenigen, welcher ihr 400 fl. ſchuldig
ſeyd.

Chriſt. Wie Emilie ſollte? unmöglich —
ſeht Herr! euer Schurkengeſicht lügt, da ihr die=
ſes ſaget, Emilie ſollte meinen Pflegvater —

Verw. Um euch zu überzeugen, ſeht hier
ihre eigene Unterſchrift.

Chriſt. Und daß ſchrieb Emilie? Emilie,
die erſt heute noch um meine Gegenliebe buhl=
te, die mir Liebe und Treue ſo oft vor Gottes
unſichtbarem Antlitz ſchwur? Dies ſchrieb Emi=
lie? Herr! (ergreift ſeine Hand) euer teufliſcher
Blick ſagt, daß ihr Unwahrheit redet, dies ſchrieb
ein Schurke!

Verw. Wozu dieſe Umſtände, feſſelt ihn
(ſie wollen dem Alten die Feſſln anlegen.)

Chriſt. Nein, das laß ich nicht geſchehen,
ſeht Herr! wenn dieſe weiſſe Locken euch keine
Ehrfurcht einflöſſen, ſo ehre ich ſie, legt mir die
Feſſeln an, ich bin euer Gefangener.

Verw. (beiſeite) Deſto beſſer, (laut) Er oder
ihr, die Gerechtigkeit verlangt ihr Opfer.

Chri=

Chriſt. Nun ſo laßt mich das Opfer ſeyn, dieſe Feſſeln, Herr! vertauſche ich in dem Au= genblick nicht mit einer Tonne Goldes. Führt mich in Kerker.

Niklas. Was unternimmſt du? was willſt du, mein Sohn! (hält in zurück.)

Chriſt. Vater, Menſchenpflicht will ich er= füllen, Dank will ich zollen, den ich euch ſchul= dig bin, lebt wohl! (küßt ihn)

Niklas Ich verſtehe dich nicht, mein Sohn!

Chriſt. So geht bey dieſem Herrn in die Schule; (ſchlägt in auf die Achſel.) Herr! dieſe Feſſeln, glauben Sie mir, ſind leichter, als die Gewiſſensbiſſe, die Sie einſt vor Gottes Gericht peinigen werden. (ab)

Verw. Fort mit ihm in den Kerker! (ab.)

Niklas. Mein Sohn, mein Sohn! ich muß ihm nach. (ab)

Siebenzehnter Aufzug.

Life (aus den Nebenzimmer allein.)

Schaut! schaut, das ist doch wunderlich; es
ist mir ja g'weßt, als wenn ich jemand hätt re=
den hören, und s' ist doch kein Mensch da. —
S' ist aber ein verzweifelt Ding, daß ich bis=
weilen nicht gut höre.

Achtzehnter Auftritt.

Life und der Philipp.

Phil. (in Gedanken, ohne Life zu sehen.)
Was? und der Philipp soll das leiden thun?
den Philipp heissens n' Wechselbalg, der Philipp
soll ein dummer Jung seyn. Jetzt weiß der
Philipp, schon was der Philipp thut. (lauft ha=
stig umher und stößt an Life.)

Life. Was hast denn da mit dir selber
g'redt; Philipp! he!

Phil. Ist d' Frau Ahnel da, eben recht!

Life. Warum geht 's dir schlecht, he!

Phi=

Phil. (weint) Z' letzt, hi hi hi, werdet ihr noch n' Spektakel erleben thun am Philipp, der — der Philipp lauft noch auf und davon; ja das thut der Philipp.

Lise. Hast was g'sagt, Philipp?

Phil. Hört denn d'Frau Ahnel schon wieder nit wohl?

Lise. Was hat er dich g'heissen, n'groben Schroll?

Phil. Auweh! auweh! das ist ein Elend mit den alten Leuten.

Lise. Freylich sind nimmer die alte Zeiten! das ist ja immer mein Sag.

Phil. Ich glaub', d'Frau Ahnel hat die Ohren mit Baumwolle verstopft?

Lise. Wer klopft? da muß man halt nachschauen, (geht an die Thür, öfnet sie) He! ist wer da? Jetzt hab' ich sicher geglaubt, es kommt Jemand.

Neunzehnter Auftritt.

Vorige, Rosine.

Rosine. (weinend) O meine liebe Groß=
mutter! seyd ihr da?

Lise. Nun warum weinst denn, Rosine,
he! wer hat dir denn was gethan?

Rosine. Der Bergverwalter, hi, hi, hi, hat
unsern Christoph —

Lise. Was hast g'sagt? ich versteh dich
nicht —

Rosine. Unsern Christoph in — in Ar=
rest —

Lise. Freylich wärs das best', aber dein
Vater, und mein Mann sind schon so eigensin=
nige Kaupeln, daß sie ihr Jawort nicht dazu
geben wollen. War er denn da, der Herr
Bergverwalter?

Rosine. Freylich war er da, und hat ihn
gerade ins Gefängniß —

Lise. Nun so laß hören, was für ein Be=
dingniß?

Rosine. (lauter) Ich sag ja', ins Gefäng=
niß hat er ihn führen lassen.

Großvater.   F   Li=

Life. Mein, mein, warum soll er dich denn deswegen gleich haffen, haft ihm ja weiter nichts leids gethan.

Rofine. Ihr verfteht mich nicht, liebe Großmutter!

Zwanzigfter Auftritt.

Vorige, Marthe mit den übrigen **Kindern,** alle traurig.

Kinder. Der gute Chriftoph — hi — hi — hi!

Life. Nun, warum weinet ihr denn, ihr Kleinen! ich habs ja gleich gefagt, es wird Verdrüßlichkeiten abfeßen. Der Herr Verwalter ift ja ein vornehmer, reicher Herr.

Marthe. Meynt denn aber die Mutter, daß er unfre Rofine heurathen würde; nichts anders als verführen will er fie, und dann läßt er fie wieder laufen.

Life. So denk ich auch, und das ift recht, er ift reich, und für's Geld kann man fich alles in der Welt kaufen.

Mar:

Marthe. (lauter) Ich sag, er läßt sie lau=
fen. —

Lise. Ja mit dem Laufen ists jetzt vorbey,
ha, ha, ha, wenn du einmal 80 Jahrl zählst,
wirst auch nicht mehr viel laufen können.

Marthe. Man kann mit der Mutter nichts
reden, (schreyt) weil sie nichts hört.

Lise. (aufgebracht) Wer hört nichts, hör Mensch!
komm du mir nit so grob, oder ich werd dir noch in
meinen alten Tagen zeigen, (im Eifer) daß ich
deine Mutter bin, verstehst mich; schaut die
Schnabelgans! sagt ich hör nix! (Die Kleinen
lachen.) Was und ihr lachts mich auch aus, ist
das auch erlaubt, euer Ahnel auszulachen?

Kinder. (springen alle an sie hin, und küssen
ihr die Hand) Nein nein, liebe Frau Ahnel! wir
lachen ja nicht. (Sie lachen lauter)

Phil. (lacht) Der Philipp thut nit lachen.

Lise. Ich sags ja, es ist kein Christenthum
mehr in der Welt, ja zu meiner Zeit hätt ich
sollen meine Großmutter auslachen, den Hals
hätt sie mir umgedreht.

Marthe. Kommt, liebe Mutter! wir wol=
len jetzt unsern Leuten das Essen bringen.

Lise. Was — was umbringen wollts
mich — mich umbringen, ihr Bagage ihr! eu=

re

re alte Mutter wollts umbringen. (Kinder küs=
fen ihr die Hände.)

Seppel. Nit umbringen, liebe Frau Ah=
nel! gern haben, lieb haben wollen wir die
Frau Ahnel.

Life. So gehts her, ihr seyd noch meine
einzige Freud' auf der Welt; also wollts mich
nit umbringen? s' wär ja n' grosse Sünd, ich
hoff' ja immer noch ein Duzend Jahrl zu leben,
bis ich hundert alt bin, (nimmt an jede ihrer Hän=
de ein Kind) Kommt kommt. (auf einmal wendet
sie sich um.) Hat wer was g'sagt?

Phil. Kein Mensch, es ist niemand da,
geht d' Frau Ahnel, jetzt wollen wir weiter —

Life. Ja ja, du bist schon so n' Bärnhäu=
ter. (alle ab)

Ein und zwanzigster Auftritt.

(Vorige Berggegend.)

Man sieht niemand, die Leute sind im Bergwerk.

Emilie. (in Bauernmädchens Kleidung) In dieser Kleidung wird mich niemand erkennen; sie soll mir behülflich seyn, die Unternehmungen meines Oheims desto leichter belauschen zu kön=nen. Dort kommt des Kaspers Tochter, wenn ich nicht irre! — Vielleicht bin ich so glücklich von diesem Mädchen etwas zu erfahren. (geht zurück.)

Rosine. Wenn ich nur meinen Vater fän=de, damit ich ihm die abscheuliche Geschichte von unsrem Christoph erzählen könnte.

Emilie. Von ihren Christoph sagt sie? (kommt herfür.)

Rosine. Was ist denn das für ein Mäd=chen, die hab ich in meinem Leben noch nie ge=sehen. (beyseite) Wenn ich nur s'Herz hätte, sie anzureden. — Wer ist die Jungfer? oder wohin will sie?

Emilie. Ich erwarte hier meinen Vetter, Christoph.

Ro=

Rosine. Schaut! ist der Christoph ein Vetter von ihr? so ist sie ja auch eine Mahm von mir. — Woher kommt sie denn?

Emilie. Gerade von dem Haus des Verwalters. —

Rosine. Und da will ich gerade hin; sag sie mir doch, kennt sie nicht ein Fräulein, die sich Emilie nennt?

Emilie. Sehr gut, so gut wie mich selber; Aber warum erkundigest du dich denn so sehr nach ihr?

Rosine. Jetzt denk sie daran; wie unverschämt! sie untersteht sich, mir meinen Geliebten wegzukapern.

Emilie. Du bist sehr offenherzig, gutes Mädchen!

Rosine. Ja, und denk sie daran; jetzt, da er mich heurathen sollt, mag er mich nicht mehr.

Emilie. Das ist sehr traurig, aber warum denn nicht?

Rosine. Hört sie's denn nicht, weil er verliebt ist, der Schelm; aber sag sie selber, ist das schön, einem ehrlichen Mädchen ihren Geliebten abzuschwätzen?

Emi=

Emilie. Ja nachdem die Umstände sind. Du verlierst also sehr viel an deinem Christoph?

Rosine. Nicht nur viel, alles verlier ich, und am Ende werd' ich wohl noch gar wegen der Stadtmamsell ohne Mann sterben müssen.

Emilie. Dafür wird Emilie sorgen, deine Freundin — (küßt sie) die hier vor dir steht.

Rosine. Wie — was — Sie Fräulein Emilie! (Niklas kommt, Rosine ihm entgegen) Großvater! — lieber Großvater! da seht einmal das gnädige Fräulein in dieser Kleidung.

Emilie. Die ich anzog, um unerkannt in euer Haus zu kommen.

Zwey und zwanzigster Auftritt.

Vorige, Niklas.

Niklas. Aber, bestes Fräulein! was haben Sie gethan? (will niederknien) Gnade, Barmherzigkeit für meinen Sohn, er ist unschuldig.

Emilie. Steht auf, guter Alter! ich verstehe euch nicht.

Nik=

Niklas. Er ist zwar nicht mein Kind, aber ich liebe ihn wie meinen Sohn; schenken Sie ihm Freyheit, und Gott wird Sie seegnen.

Emilie. Freyheit? was redet ihr? guter Alter! Christoph! euer Pflegsohn? —

Niklas. Schmachtet im Kerker; nahm mir die Fesseln von den Händen, und geht für mich, für mich alten Mann ins Gefängniß.

Emilie. Euer Pflegsohn? Christoph im Kerker? Allmächtiger Gott! was hör ich; ha diese graue Locken! was fühle ich bey ihrem Anblick? — Verlaß mich, Alter! ich bin unschuldig an dieser niedrigen Handlung; die bitteren Vorwürfe, die du auf deiner Stirne mitbringst, durchkreuzen wie Furienblicke das Innerste meiner Gebeine. Dein Pflegsohn im Kerker? Geh — geh — Alter! dein Sohn ist frey.

Niklas. Er ist frey; mein Sohn ist frey! o so erlauben Sie mir Fräulein, daß ich ihre Hand mit meinen Thränen benetzen darf; es sind Thränen eines ehrlichen Mannes, Freudenthränen eines alten zitternden Greisen. (ab)

Emilie. (allein) Christoph im Kerker? Ha was unternahm der Schurke nicht? — Aus

Rache

Rache stürzt er eine gute, ehrliche Familie ins
Verderben; macht einem alten Mann seine we=
nige Lebenstage noch zu Tagen der Hölle. Ha,
Gott! wie dank ich dir, daß ich noch fühle,
empfinde — was es heißt, Menschen unglück=
lich zu machen. Christoph im Gefängniß?
und ich kann noch einen Augenblick zaudern, ihn
zu befreyen? ihn zu retten? Ja ich will, ich
muß zu ihm; will ihn um Verzeihung flehen;
will ihn bitten, daß er mir verzeihe, aber mei=
ner Liebe nicht vergesse. (ab.)

Drey und zwanzigster Auftritt.

Kasper, Bernhard, Rosine, einige Berg=knappen.

Kasp. Gift Sapperment! laßt mich, jetzt
bin ich toll; wenn ich den Kerl gleich da hätte,
ich könnt' ihn mit meinen Händen — Meinen
Vater ins Gefängniß werfen wollen?

Bernh. Ihr hört ja, daß Christoph statt
ihm dahin gegangen ist —

Ro=

Rosine. Vater! Vater! er kömmt, macht euch fort; der Bergverwalter kömmt.

Kasp. Laßt ihn kommen; und wenn der Teufel und sein höllisches Heer kommt; ich bleibe da stehen wie n'Fels-Mauer.

Vier und zwanzigster Auftritt.

Vorige, Bergverwalter, mehrere Berg=knappen.

Verw. Nun, warum denn so müssig? was steht ihr denn so da, ohne daß ihr euch um die Arbeit bekümmert.

Kasp. Wir arbeiten von der Stund' an nichts mehr.

Verw. Was! ihr impertinenter Kerl! ihr arbeitet nichts mehr?

Bernh. Nein, nein; keiner von uns arbeitet nichts mehr, bis Christoph loskommt.

Alle. (schlagen in die Hände) Nein, nein; und ewig nein!

Ka=

Kasp. (eben so) Und ich rühr so lang keinen Hammer mehr an, bis der Teufel den Bergverwalter holt.

Verw. (hebt den Stock) Wart Kerl!

Alle. (umringen ihn) Was soll das seyn?
den Stock nieder! den Stock nieder! (Verw.
will zuschlagen)

Kasp. Sapperment! jetzt giebts n'Bataille; (die Bergleute holen ihre Geräthschaften.
Verw. retirirt sich in das Haus und schaut zu dem
an der Thüre befindlichen Fensterbalken, woran eine
Fallthüre ist heraus.)

Verw. Wartet nur, ihr Pursche! ihr sollt
alle arretirt werden.

Kasp. (schleicht sich dahin, hält ihm den Kopf,
die andern halten die Fallthüre oben fest; so daß
er nimmer hinein und heraus kann) Uns ehrliche
Leute zu arretiren?

Verw. Wollt ihr mich los lassen? He! zu
Hülfe!

Fünf und zwanzigster Auftritt.

Vorige, Alle, Niklas, Lise, Kinder,
lachen.

Chorus.

Willkommen, g'strenger Herr!

Was schaffen Sie noch mehr?

Verwalter.

Ihr Schurken!

Alle.

Sie sind in unsern Händen,

Verwalter.

Ihr Schlingel!

Alle.

Wir werden Recht schon finden.

Verwalter.

Ihr Schurken! laßt mich frey.

Alle.

Wir lassen Sie nicht frey.

Kasper.

Lassen Euer Wohlgebohrn!

Mein Mädel ungeschor'n!

Alle.

Alle.

Der Christoph obendrein,

Muß aus dem Kerker seyn!

Verwalter.

Nein — das geh' ich nicht ein.

Alle. (wollen fort)

So bleiben Sie allein.

Verwalter.

Ich laß euch arretiren!

Alle.

Wir laff'n uns nicht schimpfhiren,

Verwalter.

Ihr Schurken! laßt mich frey!

Alle.

Wir lassen Sie nicht frey

(Alle mit lachen ab.)

Der Vorhang fällt.

Endes des dritten Aufzuge.

Vierter Aufzug.

Erster Auftritt.

(Kerker.)

Chrift. (fitzt an einem kleinen Tifchchen, ge-
fchloffen, fteht auf.) Eingekerkert, wie der
fchwärzefte Böfewicht, an einem Ort wo nur
Schurken ihren Satanshandlungen nachden-
ken, und Diebe und Mörder ihr fchändliches
Leben verfluchen müffen; an einem Ort, der
mich von Gottes guten Gefchöpfen abfondert,
und mir das Tageslicht raubt! — ha! ein
fürchterlicher Ort! und doch fo ruhig, fo harm-
los, wenn man fich von Schurkereyen frey weiß,
und feine Unfchuld durch niedrige Rache ver-
folget fieht. (er hört Emilie und den Kerkermeifter.)
Gott! was hör' ich —

Zwey=

Zweyter Aufzug.

Christoph, Emilie, mit dem Kerkermeister.

Emilie. (unter der Thüre.) Auf Befehl des Verwalters —

Kerkerm. Nun — wenn das ist, so geh ich wieder. (ab.)

Emilie. (Pause, will ihm in die Arme.) Christ — (er wendet sich weg.) Und nicht einmal eines Blickes würdigest du mich?

Christ. Sie hier — Fräulein! an einem Ort, den nicht leicht Menschen ihrer Art gern besuchen. Was verlangen Sie?

Emilie. Dir deine Freyheit wieder geben.

Christ. Meine Freyheit? welch unmelodischen Klang führt das Wort in ihrem Munde? Fesseln und Kerker sind reinere, lieblichere Töne für eine so kleine Seele, wie sie besitzen.

Emilie. Christoph! das zu mir — zu deiner Emilie.

Christ. Zu ihnen — denn dieser Ort verlangt Wahrheit, keine Schmeicheley. Schon mancher Verbrecher bereitete sich hier zu seinem schändlichen Tod — es wäre nicht gut, wenn wir diesen ernsten Ort zu einem Modeplatz um=

schaf=

schaffen wollten, wo Lüge statt Wahrheit im
Gange ist — wo Schurkerey und Niederträch=
tigkeit statt Tugend und Menschenliebe ausge=
übt wird.

Emilie. Christoph! ich bin unschuldig —
Von deiner oder deines Pflegvaters Gefangen=
nehmung weiß ich kein Wort.

Christ. Und unterschrieben doch ihren Na=
men — um die Urheberin unsers Unglücks de=
sto eher kennen zu lernen.

Emilie. Meinen Namen unterschrieb ich,
— sagst du? ha! welche Bosheit! Christoph!
hasse mich — verabscheue mich wie die giftig=
ste Schlange, wenn ich dieser Handlung fä=
hig war. Du beleidigtest mich auf das härte=
ste, da du mir meinen Brief zurückschicktest —
warum mußtest du mich auch durch deine Gleich=
gültigkeit kränken?

Christ. Ich habe Sie nach ihrer Mey=
nung gekränkt, aber ich wollte sie nicht krän=
ken — konnte Sie nicht kränken, weil ich Sie ge=
liebt habe; ihre Liebe — ihre unglückliche
Liebe gegen mich, die Sie — die uns beyde
zu Schwurbrüchigen machen würde, bringt mich
in diese Schurkenwohnung — bringt meinen

alten

alten Pflegvater um Ehre und Brod — viel=
leicht um sein Leben.

Emilie. Christoph o warum liebtest du
mich? warum sagtest du mir so oft, daß du
mich liebtest? warum mußt' ich dich so für dei=
ne Liebe belohnen? Ich kann es kaum wagen
dich um Verzeihung zu bitten — könntest du
mir vergeben, du wärest noch edler, als ich un=
glücklich bin.

Christ. Ich vergeb' ihnen — Emilie!

Emilie. O so verlaß mit mir diesen Ort,
dessen Mauern von meines Oheims schwarzen,
schändlichen Handlungen wiederhallen — komm
mit mir, sieh — hier auf meinen Knien —

Christ. Emilie! stehen Sie auf, dieser
Ort ist zu unheilig, als daß er von ihren Knien
berührt werden soll.

Dritter Auftritt.

Vorige, der alte Niklas.

Niklas. Mein Sohn! mein Sohn! du
bist frey — Gnädiges Fräulein! Gott soll ihre
Güte lohnen — (Umarmung.)

Großvater.   G   Emi=

Emilie. (beyseite) Ha! daß ich mein Herz stählen könnte wieder das bittere Andenken dieser Unternehmung — laß dich umarmen, Christoph!

Christ. Zum letztenmal, Emilie! du gabest mir Liebe, ich gebe sie dir mit Wucher, mit meiner Seelenruhe zurück; du gabest mir und meinem alten Pflegvater Freyheit, dafür lohne dich der Allmächtige! Leb wohl — sey glücklicher als ich — es bin — und vergiß nicht meiner, der dich — ewig liebt. (reißt sich von ihr loß.)

Emilie. Christoph! (wie er die Thüre öfnen will, kömmt der Präsident.

Vierter Auftritt.

Vorige, Präsident, Bernhard.

Präsid. Hier muß ich euch finden, gute Menschen! an dem fürchterlichen Ort, der nur zur Strafe der Missethäter bestimmt ist?

Niklas. Ha! nun kömmt durch unsern Schuzgeist die Stunde unserer Erlösung an.

Christ.

Chriſt. Euer Exzellenz! dieſe Feſſeln und dabey mein gutes Gewiſſen, nichts unternom= men zu haben, das dieſe Behandlung verdient.

Emilie. Ich bin nicht ſo glücklich, Euer Exzellenz zu kennen; aber für die Ehrlichkeit dieſer guten Leute bürge ich (vor ihm auf den Knien) Retten ſie dieſe arme Familie —

Präſid. Stehen Sie auf, wer ſind Sie?

Emilie. Die unglückliche Tochter des ver= ſtorbenen Bergverwalters Zellers.

Präſid. Nennen ſich Emilie?

Emilie. Ja, Euer Exzellenz!

Präſid. Ich weiß ihre ganze Geſchichte Sie ſollen durch mich glücklich werden. Ge= hen Sie nach Haus, und holen Sie ihren Oheim, ohne ihm zu ſagen, daß ich hier bin und dann erweiſen Sie mir eine Gefälligkeit bereiten Sie ein kleines hochzeitliches Mahl zu dem 50. jährigen Hochzeitfeſt dieſes alten Man= nes ; Ich will demſelben beywohnen, und für das ganze Dorf ſoll heute ein Tag der Freude ſeyn.

Emilie. Euer Exzellenz tragen mir hier ein Geſchäft auf, das angenehmſte in meinem ganzen Leben; (küßt ihm die Hand.) O Chriſtopf! wo es ſolche Schutzgeiſter unter den Menſchen

G 2   giebt

giebt, da kommt Glück und Seegen über uns. (ab)

Bernh. (drückt dem Präsidenten die Hand.) Bey meiner armen Seele! Herr! Sie sind ein wakerer Mann; da wollt' ich gern arm seyn, wenn es mehr so gute reiche Leute in der Welt gäbe. (will fort.)

Präsid. Bleibt, Bleibt, guter Bernhard! auch wir haben noch ein paar Worte zusam= men zu reden. Ihr sagtet ja heute, daß ihr Feldwäbel waret unter des hochseeligen Königs Leibregiment? Wie nennt ihr euch?

Bernh. Bernhard Lotter!

Präsid. Bernhard Lotter? waret ihr nicht bey der unglücklichen Bataille in Rothenacker?

Bernh. War dabey, Euer Exzellenz! dort lernte ich ja diesen wackern alten Mann kennen.

Präsid. Wie ihr seyd aus Rothenacker?

Niklas. Leider, Euer Exzellenz! mein Weib und ich haben in Rothenaker gewohnt, eine Virtelstunde vor dem Dorf auf der grossen Haide war das Treffen, der Feind brach ein, steckte das Dorf in Brand, wir mußten fliehen —

Bernh. Des Morgens bekamen wir Suk= kurs; unsere Leute brachten den Feind in die

Mit=

Mitte, umzingelten ihn, fielen ihn an wie rei=
ßende Löwen, und brachten ihn zum fliehen —

Niklas. Aber Rothenacker war verheert —
ausgeplündert—

Präsid. (trocknet sich eine Thräne) Und ich
— verlor dabey das kostbahrste, was ich besaß,
meine Gattin.

Bernh. Was sagen Euer Exzellenz?

Niklas. Mein Weib und ich giengen zu=
rück in das Dorf, was nicht abgebrannt war,
fanden wir zerstört — — aber dieser unglückli=
chen Nacht habe ich meinen Pflegsohn Christoph,
diesen guten Jüngling zu danken.

Präsid. Was sagt ihr — Alter!

Niklas. Ich und mein Weib giengen über
den Schutt, kamen an einen Garten, und hier
fanden wir eine Frau liegen auf der Erde —

Präsid. Eine Frau?

Niklas. Halb nackend und ein neugeboh=
ren Kind neben ihr, in einen Mantel gewickelt —

Präsid. Was hör' ich —

Niklas. Wir gingen dahin, die Frau war
tod; das Kind lächelte uns an, ich nahm' es
auf meine Arme, ich bin arm, dacht' ich, habe
4. eigene Kinder, aber wo 4. essen, soll das
5te auch nicht darben; wir nahmen es mit —

Prä=

Präsid. (in sich selbst verlohren) Ihr nah=
met es mit —

Niklas. Und da fanden wir auf der Brust
des neugebohrnen Knaben ein Papier mit Blut
geschrieben.

Präsid. (mit gespanter Neugierde) Ein Papier?

Christ. Hier — Euer Exzellenz ist mein
Taufschein; meine Mutter hatte nicht mehr
Kraft genug, ihren Namen zu vollenden. (giebt
ihn das Papier.)

Präsid. (liest mit zitternder Hand) Gott
erbarme sich meiner und meines armen Kindes,
— „Karoline von Blum — Alter! was les'
ich — Karoline von Blumenthal war mein
Weib — —

Niklas. (mit erhobenen Blicke) Guter
Gott! deine Wege sind wunderbar.

Präsid. Und dieser Jüngling ist das Kind,
das du fandest; dieser Jüngling wäre mein
Sohn? O mein Gott! wie glücklich bin ich
noch! Sohn — Sohn! komm an das Herz dei=
nes Vaters!

Christ. (ihm zu Füssen, seine Hand mit
Thränen benetzend) Wäre es möglich — Sie —
mein Vater?

Präsid. Anno 69 verlor ich in dem Tref=

fen bey Rothenacker mein Weib, die hochschwan=
ger war, ich ließ' alles auf dem Schlachtfelde
durchsuchen, und fand sie nicht.

Niklas. Euer Exzellenz! mein Weib nahm
das Kind, ich den todten Leichnahm, seegnete
ihn ein, und begrub ihn mit eigener Hand.

Präst. (küßt Niklas die Hand) Alter! heißer
Dank noch in dein Grab, und der Vorsicht
Seegen über deine grauen Locken; hier — hier
— nimm — nimm alles, was ich habe, die=
sen Ring, diese Uhr, mein Geld, nimm mein
Herz; du gabest mir einen Sohn, und machst
mich zu dem glücklichsten Vater. (umarmt seinen
Sohn.)

Niklas. Ha! welche Wonne, wenn man
Menschenpflicht erfüllet!

Präsid. Mehr als Menschenpflicht! du
begrubest mein Weib, nahmest meinen Sohn
auf, machtest ihn zum rechtschaffenen Manne,
Gott soll dir diese Handlung in das Buch der
Vergeltung einschreiben.

Bernh. Aber erlauben, Euer Exzellenz!
als was stunden Sie dann unter dem Regiment?

Präsid. Kennt ihr euren ehemaligen Haupt=
mann Blumenthal nicht mehr?

Bernh. Sie! Euer Exzellenz der Haupt=
mann

mann Blumenthal? der mich einmal, da ich den Rapport verlor, 4. Tage in Arreſt gab.

Präſid. Eben der? es iſt zwar nicht mein rechter Name, es iſt nur der Name meines Wohlthäters, den ich, da er mich zum Erben ſeines Vermögens einſetzte, annehmen mußte; mein Familienname iſt Eberhard Grönner — (alle ſtaunen.)

Niklas. Eberhard Gröner, ſo nennen ſich Euer Exzellenz?

Präſid. Ja, guter Alter! ich bin aus Sachſen gebürtig.

Niklas. Aus Sachſen? ihr Vater?

Präſid. War, was ihr ſeyd — ein Berg= mann.

Niklas. Er iſts — er iſts Gott! (fällt ohne Sinne zur Erde) es iſt mein Sohn! (Pauſe)

Präſid. Wie nennt ſich der Alte — guter Bernhard!

Bernh. Schon 20. Jahre kenne ich ihn nur unter dem Namen Niklas; hat aber oft geſagt, daß er ſich habe flüchten müſſen, und ſeinen Namen zu verſchweigen, gezwungen wäre.

Präſid. Niklas? ſo hieß mein Vater!

Niklas. (erholt ſich, faltet die Hände) Das iſt zu viel — Gott! dein Name ſey gelobt!

Eber=

Eberhard — (streckt die Hände nach ihm aus)
giengest du nicht Anno 56. unter die Sol=
daten?

Präsid. (hebt ihn auf — an seinen Hals.) ¦
Ich bin euer Sohn — (stürzt auf die Knie)

Fünfter Auftritt.

Vorige, König (im Ueberrock, ein Offizier mit ihm

König. (staunt — Pause) Was geht hier
vor?

Bernh. Himmel! das ist der König —

König. Graf! von was für einem Bild
werd' ich hier Augenzeuge, was seh' ich —

Präsid. (den Alten in seinen Armen — im=
mer noch zur Erde) Sire! ein Familiengemälde
zwischen Großvater, Vater und Sohn, das nur
gesehen, nur empfunden und nur gefühlt wer=
den kann.

König. Was hör' ich —

Präsid. Verzeihen Sie, Sire! daß ich
die ihnen schuldige Hochachtung verleze, und
hier vor ihnen — als 50. jähriger Mann, mei=
meinen 90. jährigen Vater in den Armen hal=

. te

te — dieser arme Greis — mein Vater fand hier diesen Jüngling meinen Sohn, und er= nährte, erzog ihn wie sein eigenes Kind, er fand ihn bey der Schlacht in Rothenacker, da ich meine Gattin verlor.

König. Ha! Graf — um diesen Vorfall beneid ich sie — — Begleiten Sie ihren Va= ter, der der Ruhe bedarf, nehmen Sie ihren Sohn nach Haus, geniessen Sie die Freude des Wiedersehens in dem Zirkel ihrer Fami= lie — Sie kennen mein Herz — wissen, wie sehr ich Männer ihres Ranges schätze, wenn sie ihre Eltern ehren.

Präsid. O Sire! ihre Gnade ist ohne Gränzen — Sie sind ein grosser Fürst — Sire! weil sie so vieles Vergnügen an un= serer häußlichen Zufriedenheit nehmen — Kommt — kommt, alter Vater! führt mich in eure Wohnung —

Niklas. Nicht ich — du mußt mich füh= ren — Sohn! denn diese Freude übermannt meine alten Kräfte! (kindisch lächelnd) Ha — ha — ha — einen Sohn — einen so vornehmen Sohn — Was meine alte Lise dazu sagen wird — ha, ha ha!

Präsid. Wie! meine Mutter lebt auch noch?

Nik=

Niklas. Sie lebt, ha — ha — ha — frisch und gesund wie ich! da kommt sie ja.

Sechster Auftritt.

Vorige Lise.

Lise. (schaut sich um) Nun — du alter Schelm! kommst du denn gar nicht mehr nach Haus? (macht einige Knickse) schön willkomm schön willkomm!

Niklas. Lise, liebe gute Herzenslise, geh, fall nieder auf die Erde, falt deine Hände, gegen unsern lieben Herr Gott dank' ihm — wenn du auch nicht mehr beten kannst, so dank ihm mit dem Herzen, dieser vornehme Herr — ist — ist unser Sohn, unser Eberhard —

Lise. (weint in die Schürze) Ja, freylich! wer weiß, ob der noch lebt, unser Eberhard; hi, hi, hi, den werdens schon lang' erschossen haben, er war ein guter Junge in seiner Jugend, folgsam und gottesfürchtig, ja — das war er —

Niklas. Sie hört nicht mehr gut.

Prä=

Präsid. Laßt mich in ihre Arme Mutter! Mutter! (ihr an den Hals)

Lise. (windet sich los) Ey, ey, was doch die vornehme Herren für gottlose Leute sind, ha, ha, ha, Was wollens denn von mir?

Präsid. Ich bin euer Sohn, Mutter! (Emilie kommt, er hört den Lermen) Was hör' ich.

Siebenter Auftritt.

Vorige, Emilie.

Emilie. (schnell) Euer Excellenz schon ist alles bereitet, Aber, Himmel! wen seh' ich — (Man hört den Bergverwalter, der König geht zurück)

Ach=

Achter Auftritt.

Vorige, Bergverwalter, hinter ihm Rosine
und Kaspar.

Verw. (in Wuth) Wo ist der Gefangene?
Und warum find' ich die Thürn des Gefängnisses
geöffnet? (zu Bernhard) Und was macht ihr
hier? und du Nichte! Schämst du dich nicht,
dem Laffen hier ins Gefängniß zu folgen —

Christ. Gnade, Herr Bergverwalter!

Verw. Nichts; du bleibst hier verwahrt,
bis sich jemand findet, der deines Pflegvaters
Schulden bezahlt —

Christ. Und der Jemand wird sich auch
finden —

Verw. Und wer sollte der Jemand seyn,
wenn ich fragen darf?

König. (tritt hervor, öfnet seinen Rock)
Der König.

Alle. Der König! (Sie stürzen zu seinen
Füssen)

Verw. (wie erstarrt, stürzt vor ihn hin)
Gnade — Sir! Ich will alles bekennen; das
Testament meines seeligen Bruders ist falsch;

von

von mir unterschoben — Emilie! dieser Jüngling
sey dein Mann —

Emilie.)
Christ.) Wär es möglich —

König. Nicht durch dich, sondern durch
mich vereint — Eure Geschichte ist mir bekannt;
und du, Schurke! bleibst hier an diesem Ort,
den du für unschuldige biedere Menschen zum
Strafort wähltest — ich werde deine Handlun=
gen auf das genaueste untersuchen lassen, und
nach Bewandtniß der Umstände dir ein besseres
Quartier auf der Festung anweisen. Junger
Mann! der heutige Tag soll als einer der wich=
tigsten und glücklichsten unter ihre Nachkommen
aufgezeichnet werden. Ich mache Sie zum
Oberaufseher meiner hiesigen Bergwerke — tret=
ten Sie in die Fußstapfen ihres würdigen Va=
ters, und ihre Rechtschaffenheit und Tugend
wird auch in ihrem Alter belohnt werden. Nun
kommt, lieben Leute! führet mich zu dem Alten

Christ. (vor ihm auf die Knie) Seegen dem
Land, das einen König hat, der so Rechtschaffen=
heit belohnet. (König ab)

Alle. Es lebe unser König! (ab)

Ka=

Kasp. Und von 99. Bergverwaltern soll hundert der Teufel holen — (ab)

(Kerkermeister führt den Verwalter ab)

Neunter Auftritt.

Garten, illuminirt — Mitten auf einem Postament, das mit Bergmanns Insignien verziert ist, transparent die Worte (Es lebe der König). Alle Bergleute. Mädchen paar und paar mit Blumengirlanden. Nicklas und Lise in hochzeitlichem Anzug mit Kränzen, dann ihre Kinder und Enckel. Im Hintergrunde eine Laube, wobey ein gedeckter Tisch (steht. Vor dem Zug Bergknappen Musick).

Chorus.

Es lebe der König!
　　Noch lang' soll er leben!
Mit Kindern und Enckeln,
　　Urenckeln umgeben!
Er lebe zur Freude der Bergleute hier,
Er ist unser Wonne, der Könige Zier!

Nik=

Niklas. (zieht seine Mütze) Heute 50. Jahre, Sohn und Enckel gefunden! heute ist ja wohl einer meiner glückseligsten Tage! Aber lieben, guten Leute! wer hätt sich das Glück vorgestellt; mein Sohn Eberhart ein Graf — (mit erhobnem Blick) Tausend Seegen über unsern guten König —

Lise. Ja, ja; nur noch 20. Jahrl möcht' ich leben — du hast Recht.

Zehnter Auftritt.

Vorige, der Präsident.

Niklas. Da kommt er —

Lise. Hilf Himmel! jetzt lauf ich davon —

Präsid. Gute Eltern! dieses kleine Fest widme ich unserem guten König, und euch — an diesem für mich so festlichen Tage gönnet mir das Vergnügen, euch beyde bedienen zu dörfen, um die Freude des Wiedersehens in vollerem Masse zu geniessen.

Lise. (neigt sich) Aber du mein Gott! ist's denn wirklich wahr? sind — oder bist — sie und

du

du unser — ihr Gnaden — Herr Sohn? mit
offnem Mund)

'Präſid. Die Freude übermannt ſie —

Raſp. (ſpringt dahin) Sind — oder biſt du,
Euer Excellenz denn wirklich mein Herr Bruder?
(Umarmung)

Eilfter Auftritt.

Vorige, der König mit Gefolge.

(Alle ſtürzen zu ſeinen Füſſen)

König. Steht auf, gute Menſchen! ich
dank' euch für eure Wünſche — (zu Niklas und
Liſe) Kommt, alten Leute! macht euch luſtig;
ſingt — tanzt und ſpringet, und laßt mich den
heutigen Tag unter einen der glücklichſten mei=
nes Lebens zählen —

Niklas. Gnädigſter König!

Liſe. (zittert) O mein Gott! wie iſt mir?
ich bin ſchwach — Alter! gieb mir ein Glas Wein —
(der König winckt, die Muſik beginnt.)

Niklas. Alte Lieſe! wollen wir eins —
(zeigt durch Pantomime, daß er mit ihr tanzen
wolle.)

H ⸗   Li⸗

Liſe. (zieht die Füſſe an ſich) Es wird ſich nimmer thun, lieber Niklas!

Kaſp. Probier's d'Mutter; s'probiren iſt über ſtudiren — Geh' her, Marthe —

Phil. Wenn der Vater thut, ſo thut der Philipp auch mit — (nimmt Hanne)

Niklas. Ha! mein Leben kömmt mir vor wie ein froh durchlebter Erntetag! Gnädigſter König! (nimmt Lieſe) den letzten Tanz in mei= nem Leben — aber keinen andern, als den Groß= vater = Tanz; komm, gute Liſe!

Liſe. Aber hübſch langſam, ſonſt kömmt die alte Liſe nicht nach. (Der ganze Kreiß ver= ſammelt ſich um die Alten her, der gewöhnliche Groß= vater = tanz beginnt. Anfangs ganz pathetiſch, nach und nach luſtiger, biß zum lezten Chor.

Chor.

Beyde tanzen und ſingen.

(Nikl. Als ich noch nicht Großvater war,

(Da war ich luſtig und froh—

(Liſe. Als ich noch nicht Großmut= ter war,

(Da gieng es noch; ſo — ſo —

Chor

Chor. Alle

(In dem sie in zerschieden Figuren um die Alten
herumtanzen).

Wir ehren das Alter, es ist unsre Pflicht —!
Der Bergleute Sitten — verachten wir nicht.!

(Erster Chor: Es lebe der König)

(Gruppe von Allen. der Großvatter mit der Alten
Lise; beyde außer Athem stürzen vor den König hin;
der König begränzt die Alten — die Uebrigen le-
gen ihre Blumen Girlanden kniend zu seinen Füssen.)

(Der Vorhang fällt.)

Ende des Lustspiels.